FEAR STREET

LES TÉNÈBRES

L'auteur

Robert Lawrence Stine est né en 1943 à Columbus, aux États-Unis. Il est l'auteur de très nombreux romans d'horreur, dont la collection *Chair de poule*, qui a connu un immense succès dans le monde entier. Il est souvent présenté comme « le Stephen King de la littérature jeunesse ».

Du même auteur, chez Pocket Jeunesse

Fear street T. 1 – La disparue
Fear street T. 2 – Nuit fatale
Fear street T. 3 – Les ténèbres

R.L. STINE

FEAR STREET

LES TÉNÈBRES

Traduit de l'anglais (États-Unis)
par Guillaume Fournier

POCKET JEUNESSE
PKJ·

Titre original :
The Overnight

Directeur de collection : Xavier d'Almeida

Loi n° 49-956 du 16 juillet 1949 sur les publications destinées à la jeunesse : juillet 2021
Publié pour la première fois en 1989 par Parachute Press, Inc
Nouvelle édition 2020 par Simon Pulse, Simon and Schuster, New York

ISBN : 978-2-266-31972-0
Dépôt légal : juillet 2021

1

Della O'Connor tira sur son cadenas à combinaison en se demandant pourquoi elle ne parvenait jamais à l'ouvrir du premier coup. Le couloir entier résonnait de claquements de portes de casiers, de rires et de discussions animées : le brouhaha quotidien de la fin des cours.

Le cadenas céda enfin à sa troisième tentative. Elle l'arracha d'un geste rageur, ouvrit son casier et soupira en voyant l'inscription à l'intérieur de la porte. En septembre dernier, quelqu'un avait gravé dans la peinture grise les prénoms « Della + Gary » entourés d'un cœur.

Pour la centième fois, Della se promit de trouver quelque chose pour recouvrir l'inscription. Elle ne tenait pas à repenser à Gary chaque fois qu'elle rangeait ses affaires.

Elle l'avait plaqué trois semaines plus tôt, dans un accès de colère, en se disant qu'il ne prendrait pas sa décision au sérieux et qu'ils seraient réconciliés avant le bal du printemps. Sauf que depuis, le bal avait eu lieu... mais pas la réconciliation ! Gary ne l'avait pas rappelée une seule fois depuis leur dispute. Et lorsqu'elle le croisait dans les couloirs du lycée, il passait devant elle sans lui dire un mot.

Della attendait avec impatience la nuit camping du club des activités de pleine nature. Gary y participerait, et ce serait l'occasion de lui présenter des excuses. Elle l'imagina en train de lui sourire. En fixant le cœur sur la porte de son casier, elle repensa à ses cheveux blonds ondulés, à ses yeux bruns pétillants, à la manière dont leur coin se plissait quand il lui souriait, à ses minuscules taches de rousseur sur les joues.

« Ce sera tellement romantique, se dit-elle. Une nuit dehors, rien que nous deux... »

Bien sûr, les autres membres du club seraient là aussi, à commencer par Suki Thomas, qui s'était inscrite uniquement pour se rapprocher de Gary. Bah, Della ne s'en faisait pas trop pour cela. Elle était certaine de réussir à récupérer Gary si elle avait l'occasion de lui parler. Enfin... à peu près certaine.

Elle jeta ses livres au fond de son casier et rectifia sa coiffure devant le miroir accroché à l'intérieur de la porte, juste au-dessus du cœur. Avec son teint pâle, ses yeux verts et ses longs cheveux noirs, Della était très jolie. Elle paraissait toujours calme et sûre d'elle, même quand ce n'était pas le cas.

En refermant son casier, elle eut la surprise de voir son amie Maia Franklin debout à côté d'elle.

– Maia ! Tu es là depuis longtemps ?

– Non. Comment arrives-tu à faire ça avec tes cheveux ? demanda Maia.

– À faire quoi ?

– Les garder lisses.

Elles rirent toutes les deux. Les cheveux auburn de Maia, qu'elle portait courts, étaient les plus bouclés qu'on eût jamais vus, probablement assez bouclés pour figurer dans le *Livre des records* ! Avec ses lunettes rondes et sa frimousse un peu masculine, elle faisait penser au personnage principal d'*Annie la petite orpheline*.

– Tu viens à la réunion du club ? demanda-t-elle.

– Bien sûr, répondit Della en refermant son cadenas. Au fait, tes parents t'ont donné leur permission pour le camping ?

– Oui. Enfin ! Après avoir appelé M. Abner à cinq reprises pour qu'il leur confirme qu'il serait là et lui avoir fait promettre de garder un œil sur moi en permanence.

Les parents de Maia se montraient très protecteurs. Ils se comportaient avec leur fille comme si elle avait encore dix ans.

Della secoua la tête.

– C'est quoi, leur problème ?

– Va savoir. Ils doivent penser que si je passe une nuit dehors sur une île avec des garçons, je vais en profiter pour flirter.

– Qu'y a-t-il de mal à ça ? rétorqua Della avec un clin d'œil.

Les deux filles entrèrent dans la salle de classe de M. Abner en riant. Trois autres membres du club s'y trouvaient déjà, assis au premier rang. Gary était en pleine discussion avec Suki Thomas. Il tourna la tête, et quand il aperçut Della, il reporta aussitôt son attention sur Suki.

Cette dernière, aux anges, n'arrêtait pas de lui sourire, la main posée sur son bras. Au premier abord, Suki ne semblait pas le genre de fille à s'intéresser aux activités de pleine nature. C'était une punkette aux cheveux platine coiffés en pointes, avec quatre boucles à chaque oreille. Elle portait un chandail noir moulant aux manches soigneusement déchirées et une minijupe de cuir noir sur des collants aubergine dont la couleur était assortie à celle de son rouge à lèvres.

« Regarde-moi cet imbécile de Gary lui faire les yeux doux comme s'il ne m'avait pas vue, pensa Della. Qu'est-ce que les garçons peuvent bien trouver à cette délurée ? »

La réponse était dans la question. Tout le lycée la connaissait : Suki avait une sacrée réputation.

Pete Goodwin les salua en souriant quand elles rejoignirent les autres au premier rang. « Il est plutôt mignon à sa manière », se dit Della en s'asseyant à côté de lui. Il avait des cheveux châtains et un regard sérieux. Il faisait très bon chic bon genre. Certains de ses amis l'avaient même surnommé « BCBG », ce qui, apparemment, ne le dérangeait pas.

– Où est Abner ? lui demanda-t-elle en posant les coudes sur son pupitre.

Elle regardait Suki tapoter le bras de Gary.

– On l'a appelé au secrétariat, il a dit qu'il revenait tout de suite, répondit Pete. Comment ça va, Della ?

– Bien ! Très bien.

Les fenêtres étaient ouvertes. Une petite brise printanière s'engouffra dans la salle, apportant avec elle une bonne odeur d'herbe fraîchement coupée. Della entendait le claquement régulier des balles de tennis qu'on frappait sur les courts derrière le parking des professeurs.

– J'imagine qu'on va parler de notre nuit camping aujourd'hui, reprit Pete, histoire de dire quelque chose.

– Ouais, j'imagine, acquiesça machinalement Della.

Elle toussota bruyamment et avança sa chaise afin d'attirer l'attention de Gary. Mais il refusa de la regarder et continua d'écouter Suki. Celle-ci tirait sur un fil de son chandail tout en lui parlant.

– Tiens, tiens. Regardez qui vient de sortir de sa grotte, chuchota Maia à l'oreille de Della.

Tout le monde se retourna pour voir Ricky Schorr débarquer dans la salle. Il était vêtu d'un T-shirt blanc trop grand pour lui sur lequel de grosses lettres noires proclamaient : RIEN À DIRE. Cela résumait assez bien son sens de l'humour, selon l'opinion de la plupart des élèves du lycée de Shadyside. Ricky essayait constamment d'être drôle ; malheureusement, les efforts qu'il faisait pour y parvenir étaient sans doute la seule chose amusante chez lui.

Petit, ventripotent, il portait toujours des vêtements trop grands d'une taille ou deux, et ses cheveux noirs, jamais coiffés, lui tombaient en mèches sur le front. Il devait sans cesse les repousser en arrière.

Il traversa la salle d'un pas vif.

– N'applaudissez pas. Contentez-vous de me jeter des pièces, déclara-t-il, avant de s'esclaffer.

Les cinq autres membres du club gémirent à l'unisson. Ricky était habitué à ce genre de réaction. Son sourire ne s'effaça pas.

– OK, je vous propose un quiz, annonça-t-il. Ouvrez vos cahiers et inscrivez-y des chiffres de un à cent. Non, je rigole ! Tenez, regardez ça.

Il leur fit voir une poignée de feuilles trilobées, qu'il laissa tomber sur le pupitre de Gary.

– Qu'est-ce que c'est ? demanda celui-ci, détournant les yeux de Suki pour la première fois.

– On est bien au club des activités de pleine nature, non ? demanda Ricky avec un grand sourire, en désignant les feuilles. À toi de me le dire... si tu en es capable.

Gary, perplexe, prit les feuilles entre ses doigts.

– Tu veux que j'identifie cette plante ?

– C'est ça. Tu es le président du club. À toi de jouer.

Gary approcha les feuilles de son nez puis les examina sous toutes les coutures.

– Allez, Gary. C'est dans tes cordes, l'encouragea Pete.

– Je parie que non, rétorqua Ricky.

– Heu... ça vient d'un arbre, je suppose, dit Gary. Un hêtre ? Un sassafras ?

Ricky secoua la tête, visiblement ravi de son petit effet.

Gary détestait être mis en défaut. Il écrasa les feuilles au creux de sa paume.

– Bof, ça intéresse qui ? grommela-t-il.

– Toi le premier, je dirais, répliqua Ricky. Parce que c'est du sumac vénéneux !

Il éclata de rire.

– Quoi ?

Gary se leva d'un bond, tenant toujours les feuilles. Ricky tenta de s'échapper. Gary, trop rapide pour lui, le plaqua au sol et entreprit de lui frotter le visage avec.

Ricky hurlait et riait en se débattant vainement pour se dégager. Della, Suki, Pete et Maia acclamaient Gary.

– Eh bien, que se passe-t-il ici ? protesta une voix sévère depuis la porte.

Tout le monde se retourna. M. Abner, grand, dégingandé, s'avança dans la salle.

– Gary, enfin, lâche-le ! Qu'est-ce qui te prend ?

Gary, haletant, se releva au-dessus de sa victime.

– Simple préparation pour notre nuit camping, expliqua-t-il au professeur. On faisait une petite identification de sumac vénéneux.

Ricky grogna, roula sur le côté et se releva laborieusement. Son T-shirt, remonté dans la bagarre, dévoilait ses bourrelets.

– Ça, du sumac vénéneux ? se récria M. Abner en prenant les feuilles. C'est du lierre japonais, une plante ornementale.

Il adressa un regard étonné à Gary, puis à Ricky.

– Poisson d'avril ! dit Ricky à Gary avec un sourire jusqu'aux oreilles.

Il repoussa ses cheveux en arrière d'un geste machinal.

La classe entière éclata de rire, surtout à cause de la tête que faisait Gary.

– Il t'a bien eu, lui dit Suki en l'invitant à se rasseoir.

Gary afficha un sourire forcé pour ne pas perdre totalement la face devant elle.

– Asseyez-vous tous. Ce sera une réunion très courte, j'en ai peur, annonça M. Abner avant d'aller à la fenêtre contempler le parking.

Tout le monde se tut. Que voulait-il dire par là ? Lui, d'habitude si enjoué, semblait étonnamment sérieux.

– Une affaire personnelle m'oblige à rentrer chez moi, à Nashville, leur apprit-il sans se retourner. Je serai absent tout le week-end. Je ne pourrai donc pas être là samedi pour notre nuit camping.

Suki et Ricky lâchèrent un grognement de déception. Les autres restèrent silencieux. Della lança un regard furtif à Gary, puis baissa les yeux, frustrée.

– Nous allons devoir remettre notre sortie à plus tard, conclut M. Abner en s'asseyant sur l'appui de la fenêtre, face à eux. Nous avons encore le temps. Nous ne sommes qu'en mai. Nous fixerons une autre date à mon retour. D'accord ?

Des murmures d'assentiment lui répondirent.

– Je dois filer, s'excusa M. Abner après avoir jeté un coup d'œil à l'horloge murale. Désolé. Je vous dis à la semaine prochaine.

Il quitta la salle à grandes enjambées, l'air préoccupé.

– Quel dommage ! s'exclama Della en se levant.

– En plus, la météo prévoit un très beau temps samedi, ajouta Pete.

Tout le monde se leva.

– Attendez, j'ai une idée, dit Suki en leur faisant signe de rester. Une super idée. On peut très bien aller camper quand même !

– Hein ? s'écria Maia. Comment ça ?

– On n'a qu'à faire exactement comme prévu. Mais sans Abner.

– Quoi, sans adulte avec nous ? protesta Maia, visiblement horrifiée. Mes parents me tueraient !

Je serais privée de sortie jusqu'à la fin de mes jours. Et même au-delà !

– Ils n'ont pas besoin de le savoir, lui fit observer Suki.

– Parfaitement ! renchérit Ricky avec enthousiasme. Super idée ! On n'a qu'à y aller tout seuls. Ce serait génial ! Personne pour nous embêter ou nous dire quoi faire. (Il se tourna vers Suki.) Qui veut partager ma tente ?

– Dans tes rêves, Schorr, dit Suki en roulant les yeux. Même les moustiques ne voudraient pas entrer dans ta tente !

Ses camarades s'esclaffèrent. Ricky parut profondément vexé.

– Nos parents nous croiront encadrés par un adulte, expliqua Suki, baissant la voix, bien qu'il n'y ait personne à proximité pour les entendre. Ils n'auront aucune raison de s'inquiéter. (Elle posa la main sur le bras de Gary.) Tu es le président du club. Qu'en dis-tu ?

– Eh bien... commença Gary.

– Mes parents vont me tuer ! gémit Maia.

– Je trouve que c'est une idée de génie, dit Pete en regardant Della. Après tout, on est grands. On ne va rien faire de stupide, hein ?

Suki adressa un sourire complice à Gary.

– Pas si on peut l'éviter, répondit-elle.

– Qu'en penses-tu, Della ? demanda Pete.

Della était emballée.

– Ça pourrait être marrant, reconnut-elle. On n'a pas besoin d'Abner.

« On va bien s'amuser, pensa-t-elle. Surtout si j'arrive à prendre Gary à part le temps de me réconcilier avec lui. »

– Décide-toi, Gary, insista Suki.

– Bon... d'accord. (Il lui adressa un grand sourire.) Partons samedi matin comme prévu.

Tous l'acclamèrent, à l'exception de Maia.

– Je ne peux pas, refusa-t-elle, la mine maussade. Si mes parents l'apprennent...

– Il n'y a aucune raison, Maia, lui assura Della. Vraiment. Ça va bien se passer. Ce sera encore plus sympa que si on avait un adulte pour nous surveiller. On rentrera dimanche matin comme convenu. Et nos parents ne sauront rien.

– Promis ? demanda Maia, sceptique.

– Promis, répondit Della. Fais-moi confiance, Maia. Tout se passera bien, tu peux me croire.

2

– Et ta brosse à dents ? As-tu pensé à ta brosse à dents ?

Della compta silencieusement jusqu'à trois. Puis, d'une voix maîtrisée, elle répondit :

– Oui, maman. J'ai pensé à ma brosse à dents. Tu crois que je devrais emporter aussi le sèche-cheveux ? Et deux ou trois pantalons de rechange ? Je vais découcher une nuit, après tout.

– Pas la peine d'être sarcastique, répliqua Mme O'Connor, avant de vérifier l'enroulement du sac de couchage de sa fille. Tu es sûre de l'avoir bien tassé ? Il ne va pas être trop lourd pour toi ?

La mère de Della était petite, très mince – à peine cinquante kilos –, toujours en mouvement, toujours en train de parler à toute vitesse. Elle posait dix questions à la fois. On aurait cru un papillon qui butinait de fleur en fleur sans jamais faire de pause. Ce samedi matin-là, elle tournait en rond dans la chambre de Della pendant que celle-ci préparait ses affaires pour sa nuit camping.

– Maman, pourquoi tu t'inquiètes comme ça ? protesta Della. On partait souvent camper quand papa était encore là.

Elle regretta aussitôt d'avoir dit cela. Elle n'aurait pas dû mentionner son père avec une telle désinvolture. Ses parents avaient divorcé deux ans plus tôt, et son père s'était remarié peu après.

Sa mère, trop occupée à réenrouler le sac de couchage, ne releva pas.

– Ce M. Abner... dit-elle. Tu ne me parles pas souvent de lui.

– Parce que je n'ai pas cours avec lui. C'est seulement le superviseur du club. Il est très sympa, je t'assure. Tu n'as aucun souci à te faire, maman.

– Mais pourquoi Fear Island ? insista Mme O'Connor. C'est sinistre !

– Justement, c'est l'idée, répondit Della en se brossant les cheveux devant son miroir. Choisir quelque chose d'original.

– Quand même, Fear Island... J'ai entendu toutes sortes d'histoires sur cet endroit.

Sa mère remis quelques livres en ordre sur une étagère, puis fit bouffer l'oreiller de Della.

Fear Island était une petite île inhabitée couverte de sapins, au milieu du lac, derrière les bois de Fear Street. Même si c'était l'emplacement idéal pour pique-niquer ou faire du camping, à quelques minutes de bateau de la berge, peu de gens s'y rendaient à cause des rumeurs qui circulaient à son sujet.

Certains prétendaient que des animaux étranges, inconnus et dangereux, y rôdaient. D'autres, que l'île grouillait de serpents venimeux. On disait aussi qu'elle abritait un vieux cimetière indien et que des fantômes hantaient les bois à la nuit tombée.

Della ne croyait pas trop à toutes ces fables. Elles avaient sans doute été inventées par des campeurs afin d'éloigner les importuns. Toutefois, elles apportaient un parfum d'aventure à la perspective de bivouaquer sur place.

– On n'allait pas dormir dans le parc national comme tout le monde, expliqua-t-elle. On voulait quelque chose de plus excitant.

– Hum... j'espère que cela ne le deviendra pas *trop*, bougonna sa mère en passant derrière elle pour lisser un pli sur son sweat-shirt. S'il arrive quoi que ce soit, tu m'appelles, d'accord ?

Della éclata de rire.

– T'appeler ? Et avec quoi ? Oh ! je sais... je t'enverrai des signaux de fumée !

– Ce n'est pas drôle, dit Mme O'Connor en riant elle aussi.

Un coup de klaxon dans l'allée interrompit leur conversation.

– C'est Pete, dit Della.

Elle balança son sac à dos sur ses épaules et ramassa son sac de couchage.

– Et c'est qui, ce Pete ? demanda sa mère d'un air soupçonneux.

Elle n'était pas habituée à voir d'autres garçons que Gary en compagnie de sa fille.

– Un garçon du club.

Della embrassa sa mère sur la joue, puis sortit de la maison, courbée sous le poids de son sac à dos.

Elle fit signe à Pete, qui descendit de son break Subaru bleu pour l'aider à charger ses affaires dans le coffre. Il portait un pantalon chino beige foncé et une chemise à gros carreaux.

– Salut, lui lança-t-il en ouvrant le hayon. Il fait beau, hein ?

Le soleil brillait dans un ciel sans nuages.

– Oui. C'est reposant d'être dehors.

– Reposant ? dit-il, déconcerté.

– Sans ma mère pour me bombarder de questions.

Il rit. « Il a des dents tellement parfaites, pensa Della. Trop parfaites. »

Puis elle se reprocha d'être si critique à son égard. Il faisait de son mieux, après tout, et paraissait sincèrement l'apprécier. C'était gentil de sa part d'avoir proposé de la conduire au lac. Qu'y pouvait-il si ses dents étaient trop régulières, son nez trop droit, ses cheveux trop lisses, et s'il s'habillait avec goût ?

« Je devrais peut-être essayer de l'apprécier moi aussi », se dit-elle en prenant place sur le siège passager.

Leur discussion sur la route du lac fut quelque peu décousue. Pete lui parlait de la dernière fois qu'il avait fait du camping, mais elle ne parvenait pas à se concentrer et ne l'écoutait que d'une oreille. Elle pensait surtout à Gary. À ce qu'elle allait lui dire, et au moment où elle l'embrasserait quand ils se retrouveraient seuls parmi les sapins.

– C'est vrai ? lui demanda Pete.

– Quoi ?

Elle se rendit compte qu'elle n'avait pas entendu un mot de ce qu'il racontait depuis un kilomètre.

– Que Gary et toi avez rompu ?

– Oh... Oui. Enfin, non. Je ne sais pas.

Pete eut un rire gêné.

– C'est plutôt oui, ou plutôt non ?

– Désolée, s'excusa Della en rougissant. Gary et moi... comment dire, on n'a encore rien décidé.

– Ah ! soupira Pete qui ne chercha pas à masquer sa déception. Ça va être sympa, le camping, dit-il pour changer de sujet. Tu n'as pas peur de passer la nuit sur Fear Island, au moins ?

– Non, ça va.

– Tu n'auras qu'à rester près de moi. Je te protégerai, dit-il en prenant une voix exagérément grave.

– Contre quoi ? Contre les blagues douteuses de Ricky ?

– Je le trouve assez drôle, moi, reconnut Pete en tournant dans Fear Street en direction de la forêt. Dans le genre lourdingue.

La voiture s'engagea en cahotant sur le chemin de terre qui s'arrêtait à l'orée de la forêt, à une cinquantaine de mètres du lac.

– Les autres sont déjà là, constata Della tandis que Pete annonçait leur arrivée d'un coup de klaxon.

Gary et Ricky étaient en train de se disputer à cause d'une broutille. Maia était assise au bord de l'eau. Suki se tenait près de Gary. Pete se gara et coupa le contact. Plusieurs sacs à dos et sacs de couchage s'empilaient à côté des deux canoës apportés par Gary.

Della fit un petit geste de la main à l'intention de leurs amis, puis aida à décharger leurs sacs.

– Le lac est magnifique aujourd'hui, se réjouit-elle.

L'eau était lisse comme un miroir, très bleue, à l'image du ciel au-dessus d'eux. Deux canards vinrent s'y poser avant de nager vers la berge. Fear Island faisait comme une bosse de verdure à l'horizon.

– Bien ! Tout le monde est là, on va pouvoir y aller, déclara Gary en se tournant vers Della.

Il portait un blouson en jean délavé sur un T-shirt rouge. Ses cheveux blonds brillaient au soleil.

« Il est trop craquant », pensa-t-elle. Elle lui adressa un sourire plein de tendresse, qu'il lui renvoya.

– Gary, je voulais... commença-t-elle.

Suki s'interposa entre eux.

– Je n'ai jamais appris à pagayer. Tu me montreras ? demanda-t-elle à Gary en minaudant.

– Bien sûr, lui dit-il. Tu n'auras qu'à t'asseoir au milieu. On ne pagaye pas quand on est au milieu.

– Je prends ce canoë, annonça Ricky. Vous n'aurez qu'à prendre l'autre.

Il sauta dans l'une des embarcations et s'y allongea sur le dos, occupant toute la place.

– Très drôle, Schorr. Rappelle-nous de rigoler plus tard, dit Suki.

Della ne put s'empêcher de sourire en observant la tenue de la punkette, qui n'était pas précisément adaptée à des activités de plein air. Son jean arborait des clous argentés tout au long de la couture. Elle portait un long T-shirt noir sous un débardeur blanc, des Guns N'Roses. Et comme d'habitude, elle avait quatre boucles à chaque oreille.

– Salut, Della. Je suis venue, dit Maia.

Elle s'approcha avec un grand sourire, sans parvenir à effacer tout à fait son air inquiet.

– Super ! s'exclama Della. Tes parents n'ont pas fait d'histoires ?

– Non, pas vraiment, dit Maia. Sauf qu'après m'avoir déposée, ils voulaient absolument parler à M. Abner avant de repartir.

– Ah, mince ! Comment tu t'en es sortie ?

– Schorr s'est mis à leur raconter des blagues et ils ont préféré se tailler, intervint Suki en riant.

– Oh, ça va ! grommela Ricky du fond de son canoë. Hé... où est la pédale de l'accélérateur, sur ce truc ?

– Ils sont partis, oui, déclara Maia à Della, n'empêche que je suis sûre qu'ils finiront par découvrir la vérité.

Elle se tordait nerveusement les mains.

– Ne sois pas ridicule ! rétorqua Della. Comment veux-tu qu'ils l'apprennent ?

***

Quelques minutes plus tard, ils pagayaient sur le lac, à trois par canoë, en direction de Fear Island.

– L'eau est si claire qu'on voit les poissons, s'émerveilla Pete en se penchant légèrement par-dessus bord. Oups, désolé ! bredouilla-t-il quand l'embarcation s'inclina.

Il se redressa et se remit à pagayer.

– Tu as envie de faire trempette, Pete ? lui lança Ricky depuis l'autre bateau. Tu n'as même pas emporté ta bouée canard !

Personne ne rit. Les deux canoës continuèrent à glisser sur l'eau bord à bord. Pete et Della pagayaient dans l'un, avec Maia au milieu ; Gary et Ricky dans l'autre, avec Suki assise pratiquement sur les genoux de Gary.

« Elle ne va pas le lâcher une seconde ou quoi ? » se demanda Della. Elle était bien résolue à discuter avec Gary le plus tôt possible. Elle avait préparé tout un discours dans sa tête. Elle était convaincue qu'il voudrait se remettre avec elle une fois qu'elle se serait excusée. Suki n'aurait qu'à se trouver quelqu'un d'autre. Ce ne serait pas un problème pour elle.

« Patience, patience », se répéta Della en silence. Toutefois, c'était si pénible d'attendre ! Pourquoi devait-on toujours patienter dans la vie ? Même quand on était supposé passer un bon moment, il fallait encore savoir ronger son frein !

On n'entendait plus que le bruit des pagaies dans l'eau à présent. Della commençait à avoir franchement chaud malgré la fraîcheur de l'air. Elle pagayait en souplesse, au même rythme que Pete. L'île grossissait devant eux. Elle distinguait une plage de cailloux devant une rangée de sapins. D'ici à quelques minutes...

– Beurk ! s'écria Ricky.

Della tourna la tête et le vit se dresser dans l'autre canoë. Il écarquillait les yeux et se couvrait la bouche avec la main. Le canoë bascula.

– Assieds-toi ! lui cria Gary.

– Mal de mer ! J'ai le mal de mer ! s'écria Ricky, luttant pour rester debout dans l'embarcation qui roulait violemment sous lui.

– Arrête tes bêtises ! Tu vas nous faire chavirer ! s'exclama Suki, affolée.

Ricky leva sa pagaie au-dessus de sa tête en gardant son autre main sur sa bouche.

– Mal de mer ! Beurk ! Je vais vomir !

– Eh bien, assieds-toi et vomis sur tes genoux ! lui ordonna Gary.

– Oh, super idée ! reconnut Ricky en se rasseyant.

Il adressa un grand sourire à Gary et à Suki. Il faisait semblant depuis le début.

Gary secoua la tête.

– Très marrant, Schorr, grommela-t-il.

– Tu me surprendras toujours, dit Suki, toute pâle. Tu ne te fatigues jamais ?

– Allez, bougonna Ricky en se remettant à pagayer. Ça vous a fait rigoler, non ? Non ?

Ils ne répondirent pas.

Les canoës se mirent à tanguer dans le courant à l'approche du rivage. Della savourait le moment, le poids de la pagaie dans ses mains, la sensation de l'air frais sur son visage et le bruissement que faisait le bateau en fendant l'onde.

Peu après, ils débarquèrent sur la plage étroite.

– J'aurais bien continué, déclara-t-elle à la cantonade. C'est si agréable d'être sur l'eau.

– Je préfère la terre ferme, avoua Suki. Oh, mince ! (Elle lâcha le canoë pour examiner sa main. Elle avait cassé un de ses faux ongles violets.) Qu'est-ce que je vais faire ? Je n'en ai pas de rechange.

– C'est comme ça qu'on se forge le caractère, dit Ricky d'un air malicieux.

Elle lui tira la langue.

Les autres traînèrent les canoës jusqu'à la ligne des arbres.

– Ça devrait être bon, là, déclara Gary en s'arrêtant au pied d'un grand sapin.

– Ce n'est pas l'heure du déjeuner ? demanda Ricky. On ne devrait pas se commander une pizza, ou quelque chose ?

– Bonne idée, approuva Suki. Vas-y, on t'attend ici.

Ricky parut vexé.

– J'adore les feux de camp où on grille des saucisses, dit Maia, qui semblait avoir retrouvé le sourire.

– Hé, c'est encore le matin, d'accord ? leur rappela Gary. On a encore du pain sur la planche avant de penser à manger. Amenez-vous. Ramassez vos affaires et tout le matériel. Il faut décider où on va dresser le camp.

Ricky fit un salut militaire.

– À vos ordres, chef !

Pete aida Della à enfiler son sac à dos sur ses épaules et lui passa son sac de couchage. Elle le remercia et s'empressa de rejoindre Maia. Pete était vraiment adorable. Un peu trop. Elle ne tenait pas à l'encourager.

Ils marchèrent un moment sur la plage, le long des arbres. Le soleil brillait haut dans le ciel et la température grimpait. Della leva les yeux pour voir d'où venaient les piaillements discordants qu'elle entendait. Deux geais bleus sur une branche basse donnaient l'impression de se disputer.

– Ils sont énormes ! dit-elle à Maia en les pointant du doigt.

– Les geais bleus sont les plus bruyants des oiseaux, dit Maia d'un ton désapprobateur. Pas du tout comme les merlebleus. Les merlebleus sont beaucoup plus mignons.

– Merci pour cette petite leçon d'histoire naturelle, railla Ricky.

– Bon sang, Ricky ! râla Della, pourquoi es-tu venu si tu n'aimes pas la nature ?

– Pour être avec des *filles*, répliqua Ricky avec un sourire salace. Tu sais, j'ai apporté un sac de couchage king size. Assez grand pour moi... et pour une amie !

– Qui pourrait résister à une invitation pareille ?

Della fit la grimace et pressa le pas. Ils s'engagèrent sur un sentier qui s'enfonçait en sinuant dans les sous-bois tapissés de feuilles mortes. Bientôt, ils débouchèrent dans une clairière.

– L'endroit me paraît bien, dit Gary en laissant tomber sa tente dans les hautes herbes. Je propose qu'on campe ici.

Ils se délestèrent avec soulagement de leurs sacs à dos et les entassèrent dans un coin. Il y avait deux tentes à monter : une pour les filles et une pour les garçons.

– Non. Tournons-les plutôt de ce côté, suggéra Pete lorsqu'ils eurent étalé les toiles sur le sol. Dos au nord. C'est de là que vient le vent, le plus souvent.

– Drôlement impressionnant, Pete, fit Gary, ne plaisantant qu'à moitié, et fixant le soleil au zénith. Seulement, comment fait-on pour savoir où est le nord ?

– Par là, indiqua Pete en tendant l'index. J'ai une boussole sur ma montre.

Il leva le poignet pour leur faire voir sa montre multifonctions.

– Waouh ! Vous croyez que Davy Crockett en avait une comme ça ? demanda Ricky.

Une fois de plus, tout le monde l'ignora. Ils orientèrent les tentes dans le bon sens et entreprirent de planter les piquets. Après avoir dressé les tentes, ils partirent chacun de leur côté ramasser du bois pour le feu.

Voyant Pete sur le point de la suivre, Della s'empressa de rattraper Maia.

– C'est un peu intimidant de se retrouver là, avoua celle-ci en enjambant avec prudence une grande flaque.

– Mais c'est sympa, non ? rétorqua Della.

Elle se rendit compte qu'elle était tout excitée, même si elle n'aurait pas su dire pourquoi. Peut-être parce qu'ils étaient venus seuls, sans adulte pour les chaperonner. Tout pouvait arriver. Absolument tout. Ils étaient là tous les six, livrés à eux-mêmes pour une nuit entière. Quelle situation potentiellement romantique...

Elle abandonna Maia pour s'éloigner dans la direction qu'avait prise Gary. « C'est l'occasion ou jamais de lui parler », se dit-elle. Elle s'aperçut que son cœur battait fort et qu'elle avait la bouche sèche. Sa nervosité la surprit.

« Cela doit vouloir dire que je tiens plus à lui que je ne le pensais. » Elle s'avança sur le tapis de feuilles mortes et de brindilles, cherchant Gary entre les bouleaux et les sapins.

Une odeur fraîche et agréable flottait dans les sous-bois. Elle avait hâte de lui parler, de se réconcilier avec lui, de sentir de nouveau ses bras autour de sa taille. Comment avait-elle pu être assez bête pour s'énerver à ce point et le plaquer sur un coup de tête ? Elle ne se rappelait même plus les raisons de leur dispute.

Un écureuil s'immobilisa à mi-hauteur sur un tronc. Il la regarda passer, puis fila se cacher dans les feuillages.

« Gary, je tiens à m'excuser. » Voilà ce qu'elle lui dirait. Pas de préambule alambiqué. Pas de justifications vaseuses. Elle s'excuserait, point.

Tout à coup, elle se figea. Il était là, elle le voyait par une trouée entre les arbres. Elle retint une exclamation horrifiée.

Il était adossé à un grand arbre. Suki se pressait contre lui. Enlacés, les yeux clos, ils échangeaient un baiser langoureux.

3

Personne ne fut surpris lorsque Ricky, au milieu de l'après-midi, sortit un pistolet de son sac.

– Allez, tout le monde ! Chacun le sien, dit-il en en déballant cinq autres.

– Ouais ! Super idée ! s'exclama Pete avec entrain.

– Carrément ! confirma Gary, tout aussi enthousiaste.

Il saisit l'arme que lui tendait Ricky et feignit de tirer sur Pete. Ce dernier se jeta au sol et fit semblant de riposter.

Les trois filles geignirent à l'unisson.

– Une partie de paintball ? Sérieusement ? fit Della en soupirant.

– Je déteste les jeux de guerre, se plaignit Suki. Ils ont un côté tellement... belliqueux.

« Voilà un mot bien compliqué pour elle », pensa Della avec amertume. Depuis qu'elle avait vu Gary et Suki s'embrasser dans les bois, son désappointement avait progressivement cédé la place à la colère.

– Je n'ai jamais essayé, dit Maia. On constitue des équipes, ou on se la joue solo ?

– On va former des équipes, dit Ricky en prenant les billes de gélatine.

– Sans moi, annonça Suki.

– Allez, les filles ! On va s'éclater, plaida Gary. On y a joué l'autre jour dans le parc de Shadyside. On était une dizaine, et on a tous terminé dégoulinants de peinture. C'était super drôle !

– Tu parles d'une partie de plaisir, dit Suki, sarcastique.

– OK. Moi, j'en suis, décida Della.

Elle venait de changer d'avis. Puisque Suki était contre, elle serait pour ! Histoire de montrer à Gary laquelle des deux savait le mieux s'amuser.

– Euh... moi aussi, dit Maia d'une voix hésitante.

– Super ! s'écria Gary. Allez, Suki ! (Il posa la main sur son épaule.) Tu ne vas quand même pas rester dans ton coin.

– Puisque je te dis que je n'aime pas les jeux de guerre, insista-t-elle en se dégageant.

– Rien à voir avec la guerre. C'est juste un jeu... où on se tire dessus, fit observer Ricky.

Suki lui jeta un regard mauvais avant de lui enfoncer l'index dans le ventre.

– Ça veut dire que j'aurai une chance de te barbouiller de peinture, Schorr ?

– Oui, je suppose, admit Ricky. Oh, fais-moi encore ce truc avec ton index. J'adore !

– La ferme ! grommela Suki en le menaçant du poing. C'est d'accord. Je veux bien jouer. Mais uniquement parce que ça me donnera l'occasion de te ridiculiser.

– Les filles contre les garçons ? proposa Pete.

– Vendu ! s'empressa d'approuver Gary.

Della fut déçue. Elle aurait voulu faire équipe avec lui. Et certainement pas avec Suki.

Ricky chargea les pistolets de billes de peinture, jaunes pour les filles, rouges pour les garçons.

– Souvenez-vous : si on est touché deux fois, on est prisonnier. Trois fois, on est mort, dit-il avec gravité.

Pete fit rouler son pistolet chargé entre ses mains.

– J'aurais dû me douter que tu les avais emportés, dit-il. Ton sac était dix fois plus gros que les autres !

– Ils me suivent partout, répondit Ricky. J'étais même venu avec au mariage de ma cousine !

Maia consulta sa montre.

– Combien de temps va durer la partie ? s'inquiéta-t-elle. Pas jusqu'à la nuit, j'espère ?

– On les aura massacrés bien avant, lui promit Suki en empoignant son pistolet chargé. (Elle tira en l'air. Ricky lui lança un regard sévère.) Simple vérification, expliqua-t-elle.

– Défense de faire feu au cours des dix premières minutes, prévint Ricky. Ça nous donne le temps de nous déployer et de nous cacher.

Le paintball était la seule activité que Ricky prenait vraiment au sérieux. Della songea qu'elle le préférait comme ça plutôt qu'en train d'enchaîner les blagues idiotes, s'efforçant à tout prix d'être drôle. Manque de chance, à en croire Gary, Ricky était un piètre joueur. Il s'exposait trop facilement et se faisait toucher à tout bout de champ.

Une ombre passa sur le campement. Della leva les yeux. Quelques nuages gris passaient devant le soleil. L'air se rafraîchit subitement.

Les garçons partirent les premiers, en direction du sud. Les filles choisirent de patienter quelques minutes avant de partir vers l'ouest. Elles prévoyaient de se séparer ensuite pour prendre les garçons à revers. En attendant, Suki en profita pour enfiler un chandail vert olive, expliquant que ce serait un excellent camouflage.

« Waouh, encore un mot savant ! Deux dans la même journée », songea Della. Elle n'avait jamais apprécié Suki. Plus exactement, elle ne s'était jamais souciée d'elle. Les deux filles n'évoluaient pas dans les mêmes cercles. Sauf qu'à présent, Della avait de bonnes raisons de penser à Suki et de bonnes raisons de la détester.

Cependant, ne se montrait-elle pas injuste ? Elle avait rompu avec Gary, après tout. Plus ou moins.

– Venez, dit Maia. Allons-y.

Le pistolet de paintball semblait énorme dans sa petite main.

Toutes trois s'enfoncèrent dans la forêt.

– Je trouve ça plutôt sexy, déclara Suki.

– Hein ? Sexy ?

Della ne comprenait pas.

– Ben oui. Tu sais... chasser et être chassées.

– Oh.

– C'est assez excitant, dit Suki en enjambant une grosse branche couchée sur le sol.

Un petit vent fit frissonner le feuillage. Un gros nuage vint masquer le soleil, et les sous-bois s'assombrirent d'un coup.

– Elle part à l'eau, au moins, cette peinture ? s'inquiéta Maia.

Son enthousiasme avait été de courte durée. Elle ressemblait de nouveau à un animal craintif.

– Évidemment, répliqua sèchement Della. Ricky nous l'a promis. Elle s'en ira sans problème.

Maia dévisagea son amie, déconcertée par son ton revêche. Della se souvint que c'était à Suki qu'elle en voulait. Elle n'avait aucune raison de tourner sa mauvaise humeur contre Maia.

– Je crois que c'est le moment de nous séparer, dit Suki en faisant un geste avec son pistolet.

– D'accord, approuva aussitôt Della.

Elle se rendit compte qu'elle avait hâte de se retrouver seule, loin des autres.

– Qu'est-ce que je fais si je me perds ? demanda Maia en tirant sur les manches de son sweat-shirt.

– Marche avec le soleil dans le dos. Vers l'est. Ça te ramènera au camp, lui conseilla Della.

Maia leva les yeux vers le soleil, comme pour s'assurer qu'il était toujours là.

– D'accord. À tout à l'heure.

Elle tourna les talons et s'éloigna prudemment entre les arbres, tenant son pistolet devant elle.

– Guette les bruits de pas, lui cria Della. Si quelqu'un essaie de te surprendre par-derrière, tu l'entendras approcher.

– Merci ! lui lança Maia.

– C'est vraiment une gamine, dit Suki à voix basse.

Elle n'avait pas dit cela méchamment, mais Della n'apprécia pas de l'entendre rabaisser son amie.

– Elle est surtout chouette, rétorqua-t-elle hargneusement.

– Gary est un mec super, ajouta soudain Suki.

Della n'était pas sûre d'avoir bien entendu.

Suki la fixait droit dans les yeux, dans l'attente de sa réaction. Della se composa un visage impassible. Elle n'avait pas l'intention de trahir ses sentiments si facilement.

– Tu as rompu avec lui, non ? ajouta Suki.

Mais avant que Della puisse répondre – que répondre, d'ailleurs ? –, Suki se faufila entre les taillis, foulant les feuilles mortes sous ses Reebok.

Della s'adossa au tronc d'un bouleau et la regarda disparaître dans les sous-bois. Qu'avait-elle essayé de faire ? S'excuser pour avoir mis le grappin sur Gary aussi vite ? La provoquer ? Se montrer amicale ? Ou bien se moquer d'elle ?

Della partit dans la même direction que ses deux camarades. Elle marchait distraitement, tournant et retournant dans sa tête la remarque inattendue de Suki, sans prêter grande attention à ce qui l'entourait. Elle avait complètement oublié le gros pistolet en plastique qu'elle tenait à la main, et qu'elle était censée braquer devant elle au cas où elle tomberait sur l'un des garçons.

Un bruit de pas la ramena brusquement à la réalité. Elle pivota aussitôt et entendit une bille de peinture siffler à ses oreilles. Elle se laissa tomber à genoux, leva son arme et tira sans même prendre le temps de viser.

– Hé ! entendit-elle Ricky crier.

Entre les hautes herbes, elle le vit essuyer une tache de peinture jaune sur son sweat-shirt.

– Tu m'as manquée ! s'écria-t-elle en riant.

Courbée en deux, elle fila sur sa gauche pour se mettre à l'abri derrière un arbre.

– Tu as eu de la chance ! brailla Ricky qui se rua vers elle tout en tirant.

Sa bille de gélatine rouge se perdit dans les branches.

Della riposta deux fois, sans l'atteindre. Puis elle s'enfuit à toutes jambes entre les sapins.

Elle se retourna à l'instant où Ricky trébuchait sur une souche et s'étalait à plat ventre sur le sol. Son pistolet lui échappa des mains et roula dans les feuilles.

Avec un sourire triomphant, Della quitta le sentier et continua à courir, écartant les branches sans ralentir. Au fond, c'était plutôt amusant, jubila-t-elle. Ricky ne la rattraperait jamais.

Soudain, les nuages s'assombrirent et occultèrent entièrement le soleil, plongeant les sous-bois dans l'obscurité. Des oiseaux tournoyèrent au-dessus d'elle en criant avant de se poser dans les branches. Le vent souleva une brassée de feuilles et de poussière autour de ses tennis.

Elle frissonna, se rendant compte qu'elle était perdue.

Où étaient les autres ?

Elle leva les yeux vers le ciel pour s'orienter, mais le soleil était masqué par les nuages. « Super conseil que j'ai donné à Maia », pensa-t-elle. La pauvre Maia était probablement perdue, elle aussi.

– Ohé, Maia ! cria-t-elle, sans se soucier de savoir si les garçons pouvaient l'entendre.

Elle n'eut pas de réponse.

– Maia ! Suki ! Vous m'entendez ?

Toujours rien.

Les oiseaux se turent d'un coup.

« C'est trop bizarre, on dirait que quelqu'un a coupé le son en appuyant sur un interrupteur. »

Ce silence avait quelque chose d'étrange, presque surnaturel.

« Ne commence pas à te faire des films », se reprocha-t-elle.

Le vent changea de direction. Della sursauta quand une branche se brisa derrière elle et s'écrasa par terre. Elle fit volte-face, convaincue qu'il y avait quelqu'un.

– Maia ? Suki ?

Où étaient-elles passées ?

Tournant les talons, elle partit en direction du camp. Ou du moins, dans la direction qu'elle croyait être celle du camp. Elle n'en était pas certaine, mais elle avait toujours eu un bon sens de l'orientation. À ceci près, qu'elle ne s'était encore jamais retrouvée seule en pleine forêt.

L'avantage d'être sur une île, c'était que les bois ne se prolongeraient pas indéfiniment. Si elle marchait droit devant elle, elle finirait tôt ou tard par en sortir. Cela dit, marchait-elle vraiment en ligne droite ? Elle n'aurait pas pu en jurer.

Le terrain descendit, puis remonta. Elle se rendit compte qu'elle n'était jamais passée par là. Une mousse épaisse poussait sur le côté d'un vieil arbre penché. De la mousse. Sur un arbre. Elle se rappela que la mousse poussait toujours du même côté. Mais lequel ? Elle tâcha de s'en souvenir. Le côté nord ? Le côté est ? Elle ne savait plus.

– Maia ? Suki ? Il y a quelqu'un ?

Où étaient-ils *tous* passés ?

Un craquement de branche. Derrière elle. Un bruit de pas ?

Elle se retourna. Il n'y avait personne.

Elle continua dans la même direction, dépassa l'arbre moussu. Le sol devenait de plus en plus accidenté, la pente de plus en plus raide.

Un autre craquement. Puis un autre.

Quelqu'un la suivait bel et bien. Elle ne se retourna pas, cette fois. Il s'agissait sans doute d'un des garçons qui espérait l'attaquer par surprise. Il devait pourtant avoir conscience du raffut qu'il faisait à chaque pas ?

Que faire dans cette situation ?

Compter jusqu'à dix, se retourner brusquement et tirer.

Elle continua d'avancer au milieu des fougères qui frémissaient dans le vent. Trois... quatre... cinq...

Les pas se rapprochaient dans son dos. Son poursuivant gagnait du terrain.

Huit... neuf... dix !

Elle pivota d'un bloc, se laissa tomber à genoux et pressa la détente.

Une bille de peinture jaune vola dans les airs et explosa contre un tronc, éclaboussant le feuillage à proximité.

Surpris, un écureuil détala sur les feuilles mortes sans demander son reste.

Un écureuil. Ce n'était qu'un écureuil.

Della éclata de rire et tira une autre bille de peinture vers le ciel.

Elle avait été prise en filature par un écureuil. Et elle lui avait tiré dessus.

« Bien joué, championne. Ça lui fera passer l'envie de s'attaquer à Della O'Connor. »

Elle tira encore une bille contre un tronc, qu'elle rata largement.

Il commençait à faire nuit, mais cela ne l'inquiétait pas. Son face-à-face avec l'écureuil lui avait rendu le sourire. Elle n'avait plus peur à présent. C'était ridicule d'avoir flippé.

Comme si elle risquait de faire une mauvaise rencontre sur une île déserte !

Elle se laissa glisser à bas d'une pente, puis s'avança sur un sol tapissé d'aiguilles sèches et de pommes de pin.

Soudain, à quelques mètres devant elle, une silhouette sortit de derrière un arbre.

– Pete ? Gary ?

Elle s'immobilisa.

Ce n'était pas l'un de ses amis. C'était un garçon qu'elle n'avait jamais vu de sa vie. Et qui venait droit sur elle.

4

Il s'arrêta à moins d'un mètre, les mains enfoncées dans les poches de son blouson d'aviateur. Ses cheveux étaient blond-roux, coupés très court. Il lui sourit. Il avait un joli sourire. En fait, il était aussi canon qu'une star de cinéma.

Elle se rendit compte qu'elle retenait son souffle. Elle s'empressa de le relâcher. Son cœur battait à toute vitesse.

– Salut, dit-elle d'une petite voix. Tu m'as fait peur. Je ne...

Sans cesser de sourire, il la détailla de haut en bas avec ses yeux sombres.

– Désolé, s'excusa-t-il. Toi aussi, tu m'as fait peur.

Il avait une voix suave et agréable. Il devait avoir vingt et un, vingt-deux ans.

– Je ne m'attendais pas...

– Moi non plus, reconnut-il en haussant les épaules.

Il était vraiment charmant. Quel sourire !

– Qu'est-ce que tu fais ici ? bredouilla-t-elle. Moi, je cherche mes amis. J'ai l'impression que je me suis perdue. Enfin, je veux dire...

Pourquoi lui racontait-elle ça ?

– Perdue ?

Cela parut l'amuser. Son sourire s'élargit, dévoilant des dents blanches et régulières. Il sortit une main de sa poche pour la passer dans ses cheveux ras.

– Toi aussi, tu es perdu ? lui demanda-t-elle.

Il rit doucement.

– Non, je ne crois pas.

– Oh...

Alors que faisait-il là, tout seul, au milieu de Fear Island ?

– Tu es de Shadyside ? demanda-t-il.

– Oui. On est venus camper.

– Ah oui ?

Il rit de nouveau.

« C'est le garçon le plus mignon que j'aie jamais vu, songea Della. J'adore ses petites fossettes quand il sourit. Il pourrait être mannequin ou quelque chose comme ça. »

– Toi aussi, tu fais du camping ?

– Si on veut.

De toute évidence, il avait envie de garder le mystère concernant les raisons de sa présence ici.

– Tu n'aimes pas beaucoup les questions, hein ? observa-t-elle malicieusement.

– Mais si. Demande-moi ce que tu veux. Tu veux connaître mon numéro de sécurité sociale ?

Une lueur de défi s'alluma dans son regard.

– Non. Je...

– Ou peut-être ma taille, mon poids ? Ma pointure ? Le nom de jeune fille de ma mère ?

Il parlait de plus en plus vite, avec excitation. Elle ne savait pas trop s'il plaisantait ou non.

– Oui, ça pourrait être intéressant, répondit-elle en décidant d'entrer dans son jeu.

Il rit. C'était un rire chaleureux, rassurant. Elle se sentit attirée par lui à cause de son rire, de ses yeux sombres et de son charme naturel.

– Alors, qu'est-ce que tu fais dans les bois au milieu de Fear Island ? lui demanda-t-elle en s'adossant à un tronc.

– Oh, je suis de retour pour quelques jours, dit-il.

– De retour... de l'université ?

– C'est ça. De l'université. Je vais à la fac de Boston.

Il donna un coup de pied dans une grosse racine qui dépassait du sol.

– Ne me dis pas que les cours sont déjà terminés ?

– Eh bien... non. Je suis là pour un exposé. Tu sais, un exposé sur les arbres. (Il tapota le tronc le plus proche de lui.) On trouve plein d'arbres sur cette île. Je dois faire un exposé sur leur mode de reproduction.

– Leur mode de reproduction ?

Il sourit.

– Oui. Tu sais en quoi ça consiste, j'imagine ?

Ils rirent tous les deux.

– Ça m'a l'air... passionnant, dit-elle en le regardant droit dans les yeux.

Pourquoi avait-elle envie de flirter avec lui ? Elle ne savait rien de lui. Elle ne connaissait même pas son nom.

– Je m'appelle Della. Et toi ?

– Della ? Alors ça, c'est drôle. C'est aussi comme ça que je m'appelle !

– Allez...

– Non, sérieusement !

Il leva la main comme pour jurer qu'il disait la vérité. Il se rapprocha encore. Il se tenait tout près d'elle à présent.

– J'aime bien ton blouson, dit Della en lui touchant la manche. C'est du vrai cuir ?

Il s'esclaffa.

– Tu es une marrante, toi. (Il plongea son regard dans le sien, comme s'il y cherchait quelque chose.) Le sens de l'humour, c'est important, tu ne crois pas ? Moi, j'en suis convaincu. Certaines personnes en sont complètement dépourvues. Comment se comporter face à elles ? Tu sais ? Qu'est-ce qu'on peut faire ? Parfois, c'est la seule manière d'établir le contact. De nouer des liens avec quelqu'un qu'on ne connaît pas. Tu vois ce que je veux dire ?

– Non, avoua-t-elle en riant.

Il ne rit pas avec elle. Il se mordilla la lèvre inférieure. Son expression devint grave. Il la contemplait d'en haut. Elle se rendit compte pour la première fois qu'il faisait une tête de plus qu'elle.

– Je te parle de communication ! s'exclama-t-il en criant presque le dernier mot. Je te parle d'échanger avec quelqu'un qui refuse tout dialogue avec les autres. Tu comprends ce que je raconte, ou pas du tout ?

– Oui. Enfin, je crois.

Il commençait à lui faire peur. Où voulait-il en venir avec ce discours confus sur la communication ? Ce n'était pas très clair. Pourquoi s'énervait-il ?

Elle recula d'un pas, déterminée à changer de sujet.

— Alors, tu aimes les arbres, hein ?

— Les arbres ? (Pendant un instant, il donna l'impression de ne pas comprendre de quoi elle lui parlait.) Oh... Oui, bien sûr. J'aime tes cheveux, aussi.

— Ils sont tout décoiffés.

— J'aime bien. (Il leva les yeux vers le ciel.) Le temps se couvre. J'espère qu'il ne va pas pleuvoir.

Il semblait avoir recouvré son calme.

— Oui, moi aussi.

Il se rapprocha d'elle et toucha la manche de son sweat-shirt.

— Joli sweat, dit-il.

— C'est du vrai synthétique. (Elle sentait son souffle contre son cou. Elle fit un pas en arrière, mais il refusa de lâcher sa manche.) Je ferais mieux d'y aller.

— Aller où ?

— Retrouver mes amis. Ils doivent se demander où je suis.

— Et où es-tu, exactement ? demanda-t-il.

Cela ne ressemblait pas à une plaisanterie. Il y avait quelque chose de déplaisant, voire d'inquiétant, dans sa manière de poser la question.

— Mes amis m'attendent. Je vais rentrer au campement.

– Renvoyez cette fille à son campement, murmura-t-il sans sourire et en la fixant dans les yeux.

Elle s'aperçut qu'il transpirait.

« Bizarre, songea-t-elle. Il fait un peu frais pour transpirer ainsi. Son blouson n'a pas l'air très chaud. »

– Contente d'avoir fait ta connaissance, Della, lui dit-elle.

Malgré son ton faussement léger, elle n'avait plus qu'une envie désormais : se retrouver loin de lui.

Il ne réagit pas. Il continua à la dévisager d'un air impénétrable. Il paraissait réfléchir, se concentrer sur quelque chose.

– C'est de l'or ? demanda-t-il en effleurant l'une de ses boucles d'oreilles.

– Je ne sais pas, répondit-elle en s'écartant.

Soudain, il l'empoigna par les cheveux et lui tira la tête en arrière.

– Hé ! s'écria-t-elle. Qu'est-ce qui te prend ?

– Je parie que oui, gronda-t-il. De l'or massif. Tu es une gosse de riches, pas vrai ?

– Non. Lâche-moi ! protesta-t-elle, gagnée par un début de panique.

Il serra le poing encore plus fort.

– Ça suffit ! Lâche-moi. Je ne plaisante pas !

— Moi non plus, souffla-t-il d'une voix chargée de menace.

Sans lui lâcher les cheveux, il la saisit par le bras et la plaqua contre son torse. Elle sentit son odeur, mélange de cuir et de transpiration.

— Arrête ! s'écria-t-elle. Tu me fais mal !

— Désolé, princesse.

Il affermit sa prise. Della tenta de se dégager, mais il était trop fort. Il l'entraîna au sommet d'une pente broussailleuse qui donnait sur un ravin.

— Qu'est-ce que tu me veux ? cria-t-elle. Qu'est-ce que tu vas faire ?

5

La tenant toujours solidement par le bras, il ouvrit la fermeture Éclair de son blouson. Della eut l'impression d'entendre une détonation assourdissante.

– Pete ! Gary ! cria-t-elle.

Son agresseur rit doucement.

– Personne ne peut t'entendre, murmura-t-il.

Il la poussa tout au bord de l'escarpement.

– Non, attends ! supplia-t-elle.

– À quoi ça sert, d'attendre ? dit-il d'une voix affreusement calme. Longtemps, j'ai attendu un tas de choses. Et puis, finalement, j'ai décidé de me servir. De prendre quelque chose pour moi. Tu vois ce que je veux dire ?

Il s'était remis à parler à toute vitesse, les yeux brillants, en lui postillonnant au visage.

– Lâche-moi, s'il te plaît, l'implora-t-elle. Je te promets de ne pas chercher à m'enfuir.

– Je ne demande pas la lune. Mais je veux *quelque chose*, continua-t-il, ignorant sa supplication. C'est ce que j'ai dit au vieux. Seulement, il n'a pas voulu m'écouter. Pas moyen de communiquer avec lui, tu vois ? C'est de ça qu'on parlait tout à l'heure. La communication. Oh, j'ai fini par trouver un moyen, crois-moi. Un moyen de communiquer. Tu parles comme ça lui a servi ! Je veux dire, on n'apprend plus grand-chose quand on est mort. Tu comprends ce que j'essaie de t'expliquer ?

– Heu... oui. Allez, lâche-moi.

– En réalité, tu ne comprends rien, hein ? Bah, ce n'est pas plus mal. Continue à faire l'idiote, d'accord ? D'accord ? Tu m'aimes bien, ça se voit. J'ai l'impression qu'on devrait pouvoir communiquer tous les deux. Oui ?

– Oui. Non. Tu me fais mal !

Haletant, le souffle court, il finit par desserrer un peu son étau. Della put s'écarter et vit qu'il portait un collier où étaient suspendus trois crânes en argent.

– Oh ! souffla-t-elle.

Ces crânes étaient si laids, si réalistes, si horribles.

Il la fixa droit dans les yeux. Comme s'il cherchait à lire dans ses pensées.

– Qu'est-ce que tu veux ? lui demanda-t-elle.

Il ne répondit pas. Il ne cilla même pas. Son silence était encore plus effrayant que ses discours sans queue ni tête.

Elle se rappela soudain son pistolet de paintball. Elle l'avait glissé dans la poche arrière de son jean. Elle s'en saisit, dégagea brusquement son bras, visa et tira.

La bille de peinture jaune le toucha en plein front.

Il chancela, surpris, puis lâcha un cri de colère et la repoussa pour s'essuyer le visage.

Della s'enfuit à toutes jambes, longeant le ravin. Dans quelle direction allait-elle ? Elle n'en savait rien et s'en moquait. Elle cherchait juste à fuir le plus loin possible.

Elle trébucha sur une racine, se releva aussitôt. Elle traversa des fourrés en se protégeant le visage avec les mains.

L'inconnu était sur ses talons.

Il plongea sur elle, referma ses bras autour de ses chevilles et la plaqua au sol.

Elle se réceptionna durement. Une douleur atroce explosa dans son genou et lui remonta dans la jambe.

Il l'agrippa par la taille.

Avant qu'elle ait eu le temps de comprendre, il la hissa brutalement sur ses pieds et la força à se retourner. Il lui arracha son pistolet et lui enfonça le canon au creux des reins.

– Arrête ! Laisse-moi partir ! geignit-elle.

Son agresseur la fit avancer devant lui sans répondre. Della essaya de se dégager, mais il lui tordait le bras dans le dos. Lorsqu'ils furent revenus au ravin, il l'empoigna par l'épaule et la secoua.

– Tu n'aurais pas dû faire ça ! gronda-t-il.

Brusquement, elle posa les deux mains sur son torse et le repoussa de toutes ses forces.

Il vacilla, les yeux écarquillés par la stupeur.

– Hé !

Il trébucha en arrière. Son pied chercha vainement un appui et il bascula dans le vide, faisant des moulinets avec les bras.

Della ferma les yeux.

Elle l'entendit rebondir dans la pente, une fois, deux fois. Elle l'entendit crier. Puis il y eut un choc sourd, un dernier gémissement ; et le silence.

Cela n'avait duré que trois secondes, quatre tout au plus.

Ça lui avait paru une éternité.

Elle rouvrit les yeux. Tout semblait beaucoup plus sombre autour d'elle : les arbres, le sol, le ciel. Elle inspira à fond et retint son souffle. Parfois, cela suffisait à la calmer.

Pas cette fois.

L'instinct lui commandait de s'enfuir. Mais elle savait que c'était impossible, pas avant d'avoir jeté un coup d'œil dans le ravin.

Le sol lui donnait l'impression de rouler sous ses pieds. Les arbres s'inclinaient curieusement, comme s'ils tombaient les uns sur les autres. Elle secoua la tête pour chasser cette sensation de vertige.

Elle se pencha au bord du ravin. Il n'était pas aussi profond ni aussi raide qu'elle l'avait imaginé.

L'inconnu gisait tout au fond, pêle-mêle, les membres ballants.

Della commença prudemment à descendre la pente.

Il ne bougeait plus. Il avait la bouche grande ouverte, les yeux clos, la tête inclinée sur son épaule.

– Oh, non !

Se serait-il rompu le cou ?

Elle se sentait près de vomir. Prise de vertige, elle s'assit le temps que la forêt cesse de tournoyer autour d'elle.

« C'est pas vrai, mais c'est pas vrai ! se dit-elle. Qu'est-ce que je vais faire maintenant ? » Son cerveau tournait à plein régime. Elle aurait voulu se réveiller, oublier ce cauchemar. Ou peut-être s'enfuir. En tout cas, cesser de paniquer. Si seulement elle parvenait à réfléchir posément...

Presque malgré elle, Della se remit debout d'un bond, dévala la pente et se dressa au-dessus du corps inerte. Elle fixa le collier avec ses trois crânes qui paraissaient la regarder.

Le garçon avait la bouche figée dans une expression d'horreur. Elle crut l'entendre souffler : « C'est toi qui m'as fait ça. Tu m'as tué, Della. »

— Non ! s'écria-t-elle. Relève-toi !

Elle le saisit par un bras et tenta de le redresser. Son bras était flasque, sans vie. Elle le relâcha, au bord de la nausée.

— Allez, lève-toi !

Il faisait si sombre qu'on n'y voyait pas grand-chose. Si seulement le sol voulait bien cesser de tanguer. Si seulement elle pouvait se remettre à respirer normalement, à penser normalement...

Que fallait-il faire ? Que pouvait-elle faire ?

« Il est peut-être encore en vie, songea-t-elle. Avec un peu de chance. »

Les mains tremblantes, elle se laissa tomber à genoux sur les feuilles mortes et lui prit le poignet pour chercher son pouls.

« Où est-il ? Pas là... pas là... Allez ! On doit bien le sentir quelque part...

Là ! »

Elle l'avait trouvé. Une pulsation discrète, qui battait sous son doigt à un rythme rapide. Il était toujours en vie. Il...

Non.

Elle frissonna. C'était son propre pouls qu'elle sentait.

Elle avança une main hésitante en direction de la gorge de l'inconnu. Comme elle l'avait vu faire dans les films. On trouvait le pouls en appuyant doucement sur le côté du cou.

La tête du garçon roula mollement en arrière. Della posa deux doigts contre son cou. Rien. Elle les déplaça légèrement. Toujours rien.

Rien. Rien. Rien.

Elle lui reprit le poignet.

Toujours rien.

– Oooh.

Elle se releva à grand-peine et enfouit son visage dans ses mains.

Il était mort. Elle l'avait tué.

« Légitime défense, pensa-t-elle. C'était de la légitime défense. »

Mais quelle différence cela faisait-il ? Elle avait tué un homme.

Et maintenant ?

Ses parents apprendraient qu'elle était partie faire du camping sans la présence de M. Abner. Tous leurs parents l'apprendraient. Elle pensa à Maia, à la promesse qu'elle lui avait faite que tout se passerait bien.

Elle ne voyait pas comment elle pourrait la tenir.

La ville entière saurait qu'elle avait tué un homme. Son acte la hanterait jusqu'à la fin de ses jours. Sa vie était fichue, bousillée.

Non.

Pourquoi devrait-elle gâcher sa vie pour… ce taré ?

Pourquoi gâcher leur vie à tous ?

Elle lui tourna le dos pour réfléchir plus tranquillement. Les idées se télescopaient dans sa tête. C'était si difficile de rester lucide, d'aligner ses pensées…

Elle parvint malgré tout à une décision.

Elle ne parlerait à personne de ce qui venait d'arriver.

Elle n'avait aucune raison de le faire. Et toutes les raisons de s'en abstenir.

C'était un accident, après tout. Un banal accident. Il aurait très bien pu glisser, basculer dans le ravin et se rompre le cou tout seul.

Soudain, elle sut ce qu'elle devait faire. C'était facile, au fond. Et malin. C'était la meilleure solution.

Elle ne faisait pas ça uniquement pour se protéger. Elle protégeait également ses amis. Ils ne méritaient pas de voir leur avenir hypothéqué à cause de… cet accident.

Elle s'accroupit et ramassa une pleine brassée de feuilles mortes. Qu'elle répandit sur les jambes du mort. Puis elle en ramassa une autre. Qu'elle répandit sur ses bottes. Et une autre.

« Je vais le recouvrir entièrement, pensa-t-elle. Ensuite, je rentrerai au campement et je ferai comme si de rien n'était. »

Elle ramassa une autre brassée de feuilles. Alors qu'elle s'apprêtait à la répandre sur son torse, elle leva les yeux vers le haut du ravin.

Et vit Ricky et Maia qui la regardaient.

6

— Il m'a agressée ! leur cria Della, gravissant la pente avec difficulté. Je ne voulais pas faire ça ! Je veux dire que je n'avais pas l'intention de le pousser. Seulement, il est tombé. C'était un accident !

Maia paraissait encore plus secouée qu'elle. Pourtant, elle prit Della par les épaules et l'entraîna à l'écart du ravin pour tenter de la calmer.

— Relax, lui murmura-t-elle à l'oreille. Prends ton temps. Raconte-nous ce qui s'est passé.

— C'est qui, ce type ? demanda Ricky, perché au bord de l'escarpement, en contemplant le corps à moitié enseveli.

— Je ne sais pas, répondit Della, qui s'efforçait de maîtriser ses tremblements et d'apaiser sa respiration haletante. C'est ce que j'essaie de vous dire. Il m'est tombé dessus sans crier gare.

Il voulait... il voulait... Je l'ai repoussé, et il est tombé. Il... il est mort. Pour de bon.

Maia lui lâcha l'épaule et recula vers les autres membres du groupe, qui les avaient rejoints.

– Della, tu m'avais promis... bredouilla-t-elle, trop bouleversée pour terminer sa phrase. Mes parents... ils vont me...

Pete s'approcha de Della et posa à son tour la main sur son épaule.

– Calme-toi. C'est fini, maintenant, lui dit-il gentiment. On va trouver une solution.

Della lui sourit. Elle commençait à se sentir un peu mieux.

– C'est répugnant, entendit-elle Suki confier à Gary. C'est la première fois que je vois un cadavre.

– Mais qui est-ce ? Qu'est-ce qu'il faisait là ? demanda Ricky, très sérieux pour une fois.

– Juste un taré, répondit Della en frissonnant.

– Qu'est-ce qu'il faisait là tout seul ? insista Ricky.

– Ricky, que veux-tu que j'en sache ? aboya-t-elle. Ce n'était pas un ami, figure-toi. Juste un type qui m'a agressée dans les bois. Il ne m'a pas raconté sa vie.

– Désolé, s'excusa Ricky. Pas la peine de crier.

Crier ? Elle avait l'impression d'avoir hurlé à pleins poumons.

– Tu es sûre qu'il est mort ? demanda Gary.

– Quoi ?

– Es-tu bien sûre qu'il est mort ?

– Heu... oui, répondit Della, se remémorant ses tentatives frénétiques de chercher son pouls.

Le simple fait d'y repenser lui donna le vertige et elle s'assit par terre, les mains en appui derrière elle, les yeux fermés.

– Il faudrait peut-être vérifier, suggéra Gary.

– J'y crois pas, quelle poisse ! s'exclama Maia. Nos vies à tous, fichues en l'air à cause d'une stupide nuit camping !

– La *ferme*, Maia ! explosa Della.

– Mes parents vont me *tuer* ! gémit Maia.

Della se tourna vers elle. De grosses larmes coulaient sur les joues de son amie.

« Pourquoi est-ce que c'est elle qui pleure ? se demanda-t-elle. Comment ose-t-elle avoir le culot de pleurer ? C'est quand même moi qui viens de tuer un homme ! »

– Mets-la en sourdine, Maia, ordonna sèchement Suki. On va tous avoir des ennuis, tu comprends ça ?

– Je ne me sens pas très bien, annonça Ricky. Je crois que je vais...

Il courut vomir sous les arbres.

– Je descends, décida Gary.

– Pour quoi faire ? protesta Suki en le retenant par le bras.

Il se dégagea et se laissa glisser dans la pente.

– Attends, je viens avec toi, dit Pete...

... Qui ne bougea pas d'un pouce.

Della regarda Gary descendre avec précaution au fond du ravin. Le vent s'était levé et soufflait sur les feuilles mortes dont elle avait recouvert le corps, donnant l'impression que celui-ci bougeait. Quelque part dans le lointain, elle entendit des croassements de corbeaux. Cela lui fit penser à des busards. Elle se représenta de grands busards en train de s'attaquer au cadavre et de le mettre en pièces.

Elle secoua la tête, tâchant de chasser cette image de son esprit. Gary était penché au-dessus du corps à présent et ôtait quelques feuilles mortes de son cou.

– On dirait qu'il est froid, leur cria-t-il d'une voix tremblante, plus aiguë que d'habitude.

Nul ne dit mot. Ricky revint, en sueur, visiblement secoué.

– Je n'arrive pas à trouver son pouls, continua Gary.

– Qu'est-ce qu'on va faire ? s'affola Ricky qui s'assit par terre en tailleur et se prit la tête à deux mains.

– On va terminer de le recouvrir de feuilles, répondit Suki comme s'ils en avaient discuté entre eux.

– Ah bon ? murmura Maia, plus soulagée qu'indignée. On va faire comme si on ne savait rien ?

– Qu'en penses-tu, Della ? s'enquit Pete.

Il se tenait tout près d'elle. Il faillit passer son bras autour de ses épaules, puis se ravisa.

– Vous croyez qu'on pourrait garder l'incident secret ? demanda Della, le regard perdu dans les arbres.

– Il faudra bien, répliqua Maia.

– Eh oui, il va bien falloir, approuva Ricky, maussade, la tête basse.

Gary les rejoignit, hors d'haleine, sous le choc.

– Pas de pouls, confirma-t-il.

– On a décidé de dissimuler le corps et de faire comme s'il ne s'était rien passé, lui dit Suki.

– Je suis d'accord. Quelqu'un est contre ce plan ?

Personne ne répondit.

– Allons-y, dit Gary en se tournant vers Pete.

– Je vous accompagne, dit Della en avançant d'un pas.

– Non, dit Pete en l'arrêtant d'un geste. Gary et moi, on va s'en occuper.

Ils disparurent dans le ravin. Della ne les regarda pas faire mais entendit le froissement des feuilles mortes sous lesquelles ils ensevelirent le corps. Et elle sut qu'elle ne pourrait jamais oublier ce bruit.

Peu après, ils regagnèrent leur campement en silence. Della fut presque surprise de retrouver leurs tentes, leurs sacs à dos, leur équipement et leur tas de bois exactement tels qu'ils les avaient laissés. Sa vie avait définitivement basculé lors de cet instant fatal au bord du ravin. Elle s'était attendue à découvrir un monde totalement différent. C'était rassurant de voir que leur campement était toujours le même.

« Peut-être que tout va continuer comme avant, se dit-elle. Peut-être que notre secret demeurera enfoui ici, sur Fear Island, et qu'il n'en restera plus qu'un mauvais souvenir. »

– Je propose qu'on remballe et qu'on fiche le camp d'ici, dit Suki en attrapant son sac à dos.

– D'accord, approuva Maia. Je ne veux pas passer une seconde de plus sur cette île.

– Non, attendez, objecta Della. On ne peut pas rentrer tout de suite. Nos parents s'étonneraient, ils nous poseraient des questions.

– Elle a raison, dit Gary.

– Vous voulez dire qu'il va falloir passer la nuit ici ? s'écria Maia. Non ! Pas question ! Je refuse !

D'un geste rageur, elle jeta son sac à dos sur la pile de bois.

– Maia, si tu continues, on va te recouvrir de feuilles, toi aussi, la menaça Suki.

Maia étouffa une exclamation. Ricky éclata de rire. Il commençait à reprendre du poil de la bête.

– Tout le monde se calme, dit Gary. Della a raison. On ne peut pas rentrer avant demain. Il faut faire comme si tout se déroulait normalement. Sinon, on risque d'éveiller les soupçons de nos parents.

– Ça craint, marmonna Suki. L'ambiance est complètement plombée maintenant.

– C'est vrai, reconnut Gary. Néanmoins, on n'a pas le choix.

– J'ai froid, gémit Maia.

– On va faire du feu, déclara Gary. Ça nous réchauffera et ça nous remontera le moral.

– Moi, c'est surtout un bon repas qui me le remonterait, fit observer Ricky. D'autant plus que j'ai sauté le déjeuner !

Ils allumèrent un grand feu et firent griller des saucisses. Della constata avec étonnement que les circonstances ne lui avaient pas coupé l'appétit. Ils ne dirent pas grand-chose. Même Ricky mangea en silence, engloutissant sa part avec voracité.

La nuit était belle et claire. Le vent qui soufflait par à-coups faisait onduler et trembloter les flammes. Della leva la tête et vit que le ciel était semé d'étoiles.

– Ça va ? s'inquiéta Pete en venant s'asseoir sur la couverture à côté d'elle.

– Oui, ça va.

Elle lui sourit. Il se montrait vraiment très attentionné. Gary et Suki partageaient une couverture de l'autre côté du feu, mais ils échangèrent à peine deux mots durant le repas.

Maia se tenait aussi près des flammes que possible. Elle se frottait les mains en grimaçant.

– Je n'arrive pas à me réchauffer, expliqua-t-elle à Della et Pete qui l'observaient.

– J'imagine que personne n'est d'humeur à raconter des histoires de fantômes, ce soir ? s'écria Ricky lorsqu'ils eurent tous fini de manger.

C'était sa première tentative de détendre l'atmosphère. Elle tomba à plat, comme la plupart de ses blagues.

– On ferait mieux de se coucher de bonne heure, dit Maia. Et rentrer demain matin, dès qu'il fera jour. (Elle secoua tristement la tête, le regard perdu dans les flammes.) Je voudrais déjà y être.

Elle se leva et emporta son sac de couchage vers la tente des filles.

– Non, attends ! dit Gary en ôtant son bras de l'épaule de Suki. Nous devons d'abord prêter serment.

– Hein ? Quel genre de serment ? demanda Ricky, emmitouflé dans sa couverture.

– On va jurer de garder le secret, répondit Gary. Ce qui s'est passé sur Fear Island doit y rester pour toujours. On va se tenir la main et jurer tous ensemble.

Le vent se mit à siffler tandis qu'ils formaient un cercle autour du feu. Ils se prirent par la main.

Suki se dégagea.

– C'est ridicule, bougonna-t-elle.

– Non, pas du tout, rétorqua Gary. Une cérémonie rend la chose officielle.

Suki leva les yeux au ciel tout en reprenant sa place dans le cercle. Ils se penchèrent au-dessus des flammes, le visage baigné d'une lueur orangée.

– Le secret sera préservé, prononça Gary dans un murmure.

À peine avait-il dit cela qu'une rafale de vent éteignit le feu.

Maia poussa un cri. Il fallut plusieurs secondes pour la calmer. Pete et Suki s'empressèrent de rallumer le feu. Maia était la seule à avoir réagi de cette manière, mais tout le monde semblait un peu secoué.

– Au moins, ce n'est pas la pleine lune, déclara Ricky. On ne devrait pas voir de loups-garous.

Personne ne rit.

Ils abandonnèrent leurs sacs à dos près du feu et Della se dirigea avec Maia jusqu'à la tente des filles. Au moment de se glisser à l'intérieur, elle jeta un coup d'œil derrière elle : Gary et Suki s'éloignaient du campement en se tenant par la taille.

L'air était chaud et humide sous la tente. Della commença à dérouler son sac de couchage, puis se figea. Elle avait entendu un bruissement au-dehors.

Semblable à celui d'un tapis de feuilles qu'on étale sur le corps d'un jeune homme. Un corps enseveli sous les feuilles. Les feuilles. Dans un grand bruissement.

– Non ! s'écria-t-elle.

Elle se boucha les oreilles à deux mains, mais le bruit refusa de s'en aller.

– Ça va ? s'inquiéta Maia, qui se glissait tout habillée dans son sac de couchage.

– Hein ?

Elle avait du mal à l'entendre par-dessus le frémissement des feuilles. Toutes ces feuilles mortes, qui s'empilaient si haut.

– Je t'ai demandé si ça allait.

– Ah ? Oui, oui, ça va.

– On n'aurait jamais dû venir, se lamenta Maia. Je savais que c'était une mauvaise idée.

Elle tourna le dos à Della.

Celle-ci ne releva pas. Elle termina de dérouler son sac de couchage en écoutant le murmure du vent dans le feuillage, en songeant au garçon mort, à son visage contre le sien, à l'odeur de son blouson d'aviateur. Elle le revit basculer en arrière quand elle l'avait poussé dans le vide, provoquant sa chute fatale.

Elle se força à penser à autre chose. Gary ? Non, elle ne voulait pas non plus penser à Gary. Suki et lui étaient dans les bois en ce moment, sans doute en train de s'embrasser. Pourquoi avait-elle accepté de venir ? Tout espoir de se réconcilier avec Gary s'était envolé, leur histoire était désormais morte et enterrée.

Comme le jeune homme dans les bois.

« Arrête, Della. Arrête d'y penser.

Non, impossible. Je n'y arrive pas. Je ne cesserai jamais d'y penser. »

Quelques heures plus tard, elle émergea d'un sommeil sans rêves. Elle avait le bras tout engourdi et s'aperçut qu'elle s'était endormie dessus. Elle le sortit du sac de couchage et le secoua pour rétablir la circulation.

Elle avait le front moite et froid. L'air était chargé d'humidité. Elle s'assit et attendit que ses yeux s'habituent à l'obscurité. Maia dormait, pelotonnée dans son sac de couchage. Suki était là aussi et dormait la bouche ouverte, respirant bruyamment. Quand était-elle rentrée ?

Della passa la main dans ses cheveux. Ils étaient légèrement mouillés. Les tentes n'étaient-elles pas censées protéger de la rosée ?

Elle crut entendre un bruit à l'extérieur. Un frisson lui parcourut l'échine. Y avait-il quelqu'un, là, dehors ?

Elle tendit l'oreille.

Le vent était tombé. La forêt était silencieuse.

Une brindille craqua. Quelqu'un avait-il marché dessus ? Elle perçut un petit grattement. Oui, il y avait bel et bien quelqu'un.

L'un des garçons s'était-il levé ?

Elle écouta encore. Elle entendit de nouveau un craquement, comme un bruit de pas sur des brindilles ou des feuilles mortes.

Elle dressa la tête, tout à fait réveillée à présent.

– Maia ! Suki ! Réveillez-vous, chuchota-t-elle. Maia, s'il te plaît ! Allez, réveillez-vous !

Ses deux camarades remuèrent.

– Quelle heure est-il ? marmonna Maia d'une voix pâteuse.

– Chut ! lui souffla Della. Écoutez. J'ai l'impression qu'il y a quelqu'un dehors.

Elles entendirent un crissement ténu. Comme celui d'une semelle sur un sol dur. Puis un autre bruit.

Quelqu'un qui toussait ?

Della se mit à genoux et s'approcha prudemment de l'ouverture de la tente. Elle avait mal aux côtes et la nuque raide. Qui avait dit qu'on dormait confortablement à même le sol ?

– Della, reste là, l'implora Maia.

– Je vais voir qui c'est... ou ce que c'est, chuchota Della. Vous venez avec moi ?

Suki se renfonça dans son sac de couchage. Maia ne donna pas l'impression de vouloir bouger.

– Je suppose que ça veut dire non, fit Della en soupirant.

– Rendors-toi, lui conseilla Suki d'une voix ensommeillée. C'est juste un mauvais rêve.

Il y eut un autre bruit à l'extérieur, plus fort, cette fois. Plus proche.

– Tiens. Prends ça, dit Maia d'un air coupable en lui tendant une lampe torche.

Della enfila ses tennis. Elle hésita brièvement devant l'ouverture de la tente, puis sortit dans la nuit et balaya les alentours avec le faisceau de sa lampe.

Il n'y avait personne.

Elle fit quelques pas. Le feu achevait de se consumer ; les dernières braises rougeoyaient faiblement. Elle s'arrêta et tendit l'oreille.

Un bruit de pas. Juste derrière la tente des garçons.

– Qui est là ? demanda-t-elle tout bas.

Elle entendit un nouveau bruit de pas.

– Il y a quelqu'un ? appela-t-elle en haussant le ton.

Gardant la lampe braquée devant elle, Della dépassa la tente des garçons, marchant avec prudence car elle n'avait pas pris le temps de nouer ses lacets. Elle parvint à l'orée de la clairière. Il n'y avait pas un souffle de vent. Elle n'entendait que sa respiration... et un autre bruit de pas sur les feuilles sèches.

Elle s'avança entre les arbres.

– Qui est là ?

Elle promena sa torche tout autour d'elle.

Elle frissonna, de peur et de froid en même temps. « Qu'est-ce que je fais là ? se dit-elle. Qu'est-ce que j'espère trouver ? Qu'est-ce qui me prend d'être aussi courageuse ? »

Frissonnant de nouveau, elle revint sur ses pas.

Il s'agissait probablement d'un petit animal.

« Tu parles d'une idée de génie. S'enfoncer dans les bois en pleine nuit sur les traces d'un animal. Je suis en train de faire n'importe quoi », se reprocha-t-elle.

Elle regagna le campement et s'apprêtait à entrer dans la tente des filles quand un détail retint son regard. Les sacs à dos. Ensemble, ils les avaient soigneusement empilés près du feu. Or les sacs étaient étalés sur le sol.

Quelqu'un les aurait-il renversés par mégarde ?

Elle s'approcha pour les éclairer avec sa torche. Apparemment, ils n'avaient pas été ouverts.

Non. C'était sans doute le vent. Ou un petit animal. Un raton laveur à la recherche de nourriture. Rien de plus. Les pas qu'elle avait entendus dans les bois étaient sans doute les siens.

Elle trouva Maia et Suki assises à l'entrée de la tente, guettant anxieusement son retour.

– Sûrement un raton laveur, leur dit-elle avec un haussement d'épaules.

– J'en étais sûre, dit Suki en secouant la tête.

Elle se glissa dans son sac de couchage.

– Dieu merci, souffla Maia, visiblement soulagée.

Della ôta ses tennis et se recoucha, elle aussi. Son duvet s'était refroidi, et elle savait qu'il lui faudrait un long moment pour le réchauffer. Elle tendit l'oreille. Mais elle n'entendait plus que la respiration de Suki.

Elle se tint ainsi le reste de la nuit, à écouter Suki ronfler doucement et Maia se tourner et se retourner dans son sommeil. Elle ne réussit pas à se rendormir.

Au petit matin, les jeunes campeurs émergèrent des tentes en grommelant et s'étirant comme des ours au sortir d'une longue hibernation. Maia semblait toujours à deux doigts de fondre en larmes.

Ils prirent un petit déjeuner rapide, puis replièrent les tentes en silence, impatients de quitter l'île, de rentrer chez eux, et de ne plus se voir pendant quelques jours. Ils avaient tous hâte de se retrouver seuls pour réfléchir tranquillement aux événements.

Le soleil s'élevait à peine au-dessus des arbres quand ils sortirent de la forêt et débouchèrent sur la plage. Le lac prenait des reflets violets dans la lumière du matin. L'air était si limpide qu'on apercevait la ville sur la berge d'en face.

– Mince ! J'ai oublié mon sac à dos ! s'écria soudain Ricky.

Il tourna les talons et repartit au pas de course en direction de la clairière.

Les autres se dirigèrent vers l'endroit où ils avaient laissé les canoës.

Bientôt, ils s'arrêtèrent net. En ouvrant de grands yeux.

– Les canoës ! fit Della.

Ils avaient disparu.

– Oh, non ! s'écria Maia. On est coincés ici !

7

— Quelqu'un a dû les prendre, dit Della. Je suis sûre qu'on les avait laissés là.

Elle remonta un peu son sac à dos sur ses épaules en fixant, de l'autre côté du lac, la ville qui paraissait à la fois si proche et si lointaine.

— Bon, ce n'est pas le moment de paniquer, déclara posément Gary malgré son air soucieux.

— Ah oui ? Et ce sera quand, le moment ? vociféra Maia, le visage empourpré, les yeux écarquillés par la peur. Qui a pu faire ça ? Comment on va faire ? Il faut que je rentre chez moi ! Mes parents vont me *tuer* !

— Calme-toi, répondit Gary. En voyant qu'on ne rentre pas, ils enverront quelqu'un nous chercher.

La remarque, qui était censée les rassurer, ne fit que renforcer l'inquiétude de Maia.

— Comme ça, tout le monde saura qu'on est venus là sans M. Abner ! s'écria-t-elle.

– Vous êtes sûrs qu'ils étaient là ? dit Suki en shootant dans un galet.

– Certain, affirma Gary. Regarde, on voit encore les traces dans le sable.

– Alors c'est qu'on nous les a volés, conclut Della à voix basse.

Elle repensa au garçon enseveli sous les feuilles. Ils étaient piégés sur l'île... avec lui.

– Qu'est-ce qui se passe ? demanda Ricky en les rejoignant, son gros sac sur l'épaule.

– Les canoës... commença Maia.

– Oh, mince ! (Ricky rougit.) Pardon. Désolé ! C'est moi qui les ai cachés.

– *Tu as fait quoi ?*

– Mais pourquoi ?

Un sourire coupable aux lèvres, Ricky battit en retraite, laissa tomber son sac à ses pieds et leva les mains en un geste d'apaisement.

– C'était pour rigoler ! J'ai fait ça hier, avant le... heu... l'accident.

– J'y crois pas, fit Suki en le foudroyant du regard. Tu as vraiment un humour pourri, Schorr.

– Je regrette. Je voulais seulement vous faire une blague, s'excusa Ricky. Alors hier, pendant la partie de paintball, je suis revenu ici et j'ai déplacé les canoës. Que voulez-vous que je vous dise ? À ce moment-là, je ne savais pas que Della allait buter quelqu'un.

Della lâcha une exclamation indignée.

— Ricky !

— Épargne-nous tes blagues, Schorr, gronda Pete.

— Oui, ça nous fera des vacances, approuva Gary avec impatience. Où les as-tu planqués, ces fichus canoës ?

— Là-bas.

Ils suivirent Ricky quelques dizaines de mètres plus loin. Leurs embarcations les attendaient dans les hautes herbes derrière une petite dune.

— Tu n'es qu'un crétin, Schorr, dit Suki en le toisant avec mépris.

— J'ai dit que j'étais désolé.

Il haussa les épaules.

Ils tirèrent les canoës dans l'eau, jetèrent leurs sacs à l'intérieur et embarquèrent. Le trajet de retour leur parut durer une éternité. Personne ne disait rien. Personne ne jeta un seul regard en direction de Fear Island.

« Tout a basculé en moins de vingt-quatre heures, songea Della. Et maintenant, nous sommes liés par un secret, un cauchemar en commun, qu'il va falloir cacher. »

Elle observa Maia à la dérobée. Ses boucles auburn étaient tout emmêlées. Elle avait les yeux rougis, avec de gros cernes. On aurait dit qu'elle avait pleuré toute la nuit. Pete, toujours si soigné d'habitude, portait un sweat-shirt sale et froissé. Ses cheveux décoiffés lui retombaient devant les yeux.

Les occupants de l'autre canoë semblaient tout aussi mal réveillés. Suki avait les cheveux plaqués sur le crâne. Elle n'avait même pas essayé de les peigner. Son visage était livide, comme si tout le sang en avait reflué. Ricky pagayait sans mot dire à l'arrière, le souffle court, suant abondamment malgré la fraîcheur matinale. Seul Gary avait l'air à peu près normal, à l'exception de son front soucieux ; il gardait la cadence, l'œil rivé au rivage.

« Je vais rentrer à la maison, pensa Della. Cependant, ce ne sera plus comme avant. Plus rien ne sera jamais comme avant. »

Le bruit des pagaies dans l'eau lui évoqua le bruissement des feuilles. Elle revit le corps sans vie au fond du ravin. Il y avait des feuilles partout, sèches et mortes. Elle baissa les yeux. Le lac en était rempli... de feuilles, de mort.

– Ça va, Della ? s'inquiéta Pete, interrompant le cours de ses pensées.

Le bruissement de feuilles s'estompa, remplacé par le murmure des pagaies et le clapotis de l'eau contre les coques.

– Oui. Ça va. Je... je réfléchissais.

Elle força un sourire. Tout en sachant qu'il ne devait guère être convaincant.

– Tout ira bien, lui promit Pete. Tu seras bientôt chez toi.

« Chez moi. Oui, peut-être que je me sentirai mieux une fois chez moi », se dit Della.

Pourtant, une heure plus tard, quand elle poussa la porte de derrière et tomba sur sa mère qui, habillée pour l'église, terminait son petit déjeuner dans la cuisine, elle ne put s'empêcher de grimacer intérieurement.

Qu'allait-elle bien pouvoir lui raconter ?

– Déjà ? s'étonna Mme O'Connor avant de finir sa tasse de café. Comment ça s'est passé ? Tu rentres de bonne heure.

– Oui, on s'est levés tôt, bredouilla Della.

Elle se demanda si sa mère devinait à quel point elle était nerveuse. Mme O'Connor donnait parfois l'impression de savoir lire dans les pensées. Elle n'avait pas son pareil pour déchiffrer les regards et les expressions de sa fille.

Elle secoua la tête.

– On dirait que tu n'as pas beaucoup dormi.

– Pas beaucoup, en effet, reconnut Della.

Elle sortit une brique de jus d'orange du réfrigérateur, prise d'une soudaine envie de pleurer. Elle espérait que le fait de s'activer l'aiderait à garder son sang-froid.

« Garder mon sang-froid, tu parles ! J'ai tué un homme hier soir ! »

Sa mère voyait-elle ses mains trembler tandis qu'elle versait la boisson dans un verre ?

– Je suppose que tu n'as pas envie de venir à l'église avec moi ? dit Mme O'Connor.

– Je file au lit, répondit Della. Je crois que je pourrais dormir une semaine.

– Tu t'es bien amusée, au moins ?

– Si on veut, dit Della debout devant le comptoir, dos à sa mère.

– Vous avez veillé toute la nuit ?

– Non. Pas toute la nuit.

– Tu veux petit-déjeuner ?

– Non, merci.

– As-tu parlé avec Gary ?

Sa mère avait beau savoir que sa fille détestait qu'elle l'interroge à propos de ses petits amis, cela ne l'avait jamais arrêtée.

– Pas vraiment.

Della but la moitié de son verre, puis vida le reste dans l'évier.

– Je demandais ça comme ça, déclara Mme O'Connor avec un haussement d'épaules.

« Demande-moi plutôt si j'ai tué quelqu'un hier soir », pensa Della.

Sa mère fronça les sourcils.

– Tu as l'air épuisée.

« Je vais tout lui raconter, décida Della. C'est mieux. Je n'arriverai jamais à garder ça pour moi. »

– Maman, je...

– Oui, ma chérie ? l'encouragea sa mère, un pied sur le seuil.

Della hésita.

– Non, rien. À plus tard.

La porte se referma.

***

Della dormit toute la matinée et une partie de l'après-midi. Quand elle descendit, un peu avant seize heures, sa mère était sortie. Elle se prépara un sandwich au thon qu'elle engloutit avec appétit, accompagné d'un Coca.

Elle se sentait beaucoup mieux. Avoir dormi avait été réparateur.

Elle remonta dans sa chambre avec un grand bol de chips et s'attaqua à ses devoirs. À sa grande surprise, elle fut capable de se concentrer sur son travail. Elle ne repensa qu'une fois ou deux au garçon au fond du ravin, et seulement comme s'il s'agissait d'un souvenir lointain, d'un fait qui appartenait désormais au passé.

Quand sa mère revint à la maison, Della s'aperçut que son besoin de se confesser l'avait quittée. Au dîner, elle lui raconta des anecdotes à propos de leur journée camping, certaines inventées, d'autres authentiques. Elle lui parla de leur partie de paintball, des saucisses qu'ils avaient fait griller sur le feu, de la frayeur que leur avait fait Ricky en cachant les canoës.

« Je vais peut-être y arriver, finalement, pensa-t-elle. Je vais peut-être réussir à tourner la page et à reprendre une vie normale. »

Elle commençait à se sentir plus rassurée, plus détendue, quand le téléphone sonna vers sept heure et demie. Elle décrocha et reconnut la voix affolée de Maia.

– Della, tu peux venir ? Je ne me sens pas très bien.

– Comment ça ? Tu n'es pas malade, au moins ?

– Non. C'est juste que... j'ai l'impression que mes parents se doutent de quelque chose.

Della en eut froid dans le dos. Elle sentit les muscles de son cou se raidir.

– Tu ne leur as rien dit, j'espère ?

– Non, bien sûr que non, protesta Maia. Bien sûr que non, Della. Mais je crois qu'ils me soupçonnent de... enfin, c'est juste une impression. Seulement, je... je ne sais pas combien de temps je vais réussir à...

– D'accord. Tâche de te calmer, dit Della, sans parvenir à masquer son agacement. J'arrive.

– Merci, Della. Fais vite. S'il te plaît.

Della raccrocha d'un geste brutal. Manifestement, Maia n'essayait même pas de donner le change. Mais peut-être que si, au fond. Peut-être qu'elle faisait de son mieux.

Après tout, c'était Della qui l'avait entraînée dans cette histoire. Maia n'aurait jamais accepté de venir camper avec eux si elle n'avait pas autant insisté.

« Il faut que j'arrête de la juger aussi durement. Je vais passer la voir et lui remonter le moral. C'est à ça que servent les amis, non ? »

Les amis...

Et elle, pourrait-elle compter sur ses amis ? Pourrait-elle compter sur eux pour garder le secret, comme ils l'avaient juré ?

« Ils sont obligés, se dit-elle. Obligés. »

Elle enfila un jean propre et un chemisier, se coiffa avec soin, appliqua une touche de gloss sur ses lèvres, puis regarda autour d'elle à la recherche de son portefeuille. Il n'était pas sur son bureau. Ni sur l'étagère près de la porte où elle le laissait d'habitude.

« Où est-ce que j'ai bien pu le mettre ? Est-ce que je l'avais avec moi sur l'île ? Oui. Dans mon sac à dos. »

Elle se rendit compte qu'elle n'avait pas défait son sac à dos. Elle l'avait simplement posé au pied de son lit et oublié.

Parce qu'elle ne voulait plus y penser, bien sûr. Elle le ramassa et vida son contenu sur le lit en frissonnant. Elle crut entendre s'en échapper un bruissement de feuilles mortes.

Elle le jeta sur le sol puis fouilla rapidement parmi ses vêtements sales et les articles de toilette qu'elle avait emportés. Où était son portefeuille ?

Il était forcément quelque part là-dedans.

Et pourtant, non.

Quelqu'un avait-il pu le lui prendre ? Non. Impossible.

Toutes ses affaires paraissaient si froides. Comme si elles avaient rapporté le froid de Fear Island avec elles. À présent, Della se sentait glacée, elle aussi, à force de fouiller dedans en pure perte.

C'était un vrai mystère.

Elle décida de se rendre quand même chez Maia. Son amie ne vivait qu'à quelques pâtés de maisons, dans le quartier de North Hill. Della prévint sa mère qu'elle passait voir Maia pour réviser, puis sortit de la maison.

La soirée était douce et tiède, au contraire de la nuit précédente. Un groupe de gamins jouait au base-ball sur une pelouse, bien qu'il fasse déjà sombre. Quelques portes plus loin, Mme Kinley s'égosillait à répéter à son fils qu'il était l'heure de rentrer.

North Hill était un quartier tranquille, sans doute le plus agréable de Shadyside. Sans qu'elle sache pourquoi, le fait de voir jouer ces enfants devant ces belles maisons aux pelouses impeccables attrista Della. Comme si elle n'avait plus tout à fait sa place dans cet univers paisible et respectable. Son secret faisait d'elle une étrangère.

« Arrête ça, se reprocha-t-elle. Arrête ça tout de suite. C'est normal de se sentir mal pour l'instant. Cela passera. »

Maia vint lui ouvrir à la seconde où elle sonna. Elle l'entraîna dans sa chambre sans dire un mot et referma la porte derrière elles.

Della ne s'habituerait jamais à la chambre de son amie. On aurait dit une chambre de petite fille avec ses rideaux blancs en dentelle, ses étagères encombrées de poupées et ses peluches dans tous les coins.

– Maia, tu as une mine affreuse ! s'exclama-t-elle.

Elle regretta aussitôt ses paroles. Tu parles d'une manière de remonter le moral à quelqu'un !

Maia fondit en larmes.

– Je pleure tout le temps, avoua-t-elle entre deux sanglots. C'est plus fort que moi.

Elle tira un mouchoir en papier d'une boîte posée sur sa commode et se tamponna les yeux. Elle avait le visage rouge et gonflé.

Della s'approcha pour la serrer dans ses bras.

– Maia, tout ira bien. Je te le promets, lui dit-elle doucement.

– Tu m'as déjà promis ça, rétorqua Maia en regardant ses chaussures.

Della ne sut pas quoi répondre.

– Qu'est-ce qui t'inquiète, exactement ? Dis-moi, suggéra-t-elle en entraînant son amie vers son lit.

Maia se laissa tomber sur le couvre-lit rose et gris. Della s'assit dans un petit fauteuil gris à côté.

– Mes parents. Je crois qu'ils se doutent de quelque chose.

– Comment le sais-tu ? Ils t'ont fait des remarques ?

– Eh bien... pas vraiment. Mais ma mère m'a regardée bizarrement.

– Il faut la comprendre. Tu n'as pas l'air au mieux de ta forme. Que leur as-tu raconté au sujet de l'excursion ?

– Pas grand-chose. Juste qu'on s'était bien amusés, que je n'avais pas passé la nuit dans la tente des garçons et que ça n'avait pas du tout été l'orgie qu'ils s'imaginaient.

– Ça, c'est sûr, marmonna Della. Bon, j'ai l'impression que tu t'en es bien sortie. Tu as fait une sieste ?

– J'ai essayé. Impossible de fermer l'œil, se plaignit Maia. Je n'arrêtais pas de repenser à ce type au fond du ravin.

– Tu as besoin de sommeil. Tu te sentiras mieux après avoir dormi. Je t'assure. J'ai roupillé la moitié de la journée. Et je me sens...

– Oui ?

– Je me sens mieux. Sincèrement. Au fond, ce qui est arrivé à ce type hier soir, c'était un accident.

– Je sais, dit Maia en s'essuyant le nez du dos de la main.

– Il m'a agressée. Ce n'était pas un pauvre garçon innocent.

– Oui, je sais, répéta Maia avec une pointe de nervosité.

– Il est tombé et il s'est tué. À aucun moment, je n'ai voulu sa mort. C'était un accident. Il faut que tu te mettes ça dans la tête. C'était un accident.

– Je sais.

– Alors, qu'est-ce qui te tracasse, Maia ? demanda patiemment Della.

– C'est juste que... ça finira par se savoir. Tout le monde sera au courant. Pour l'accident.

Pour le fait qu'on est partis camper tout seuls, sans M. Abner. Pour tout.

– Mais non, insista Della. Le corps ne sera pas découvert avant des semaines, peut-être des mois... si on le retrouve un jour. Personne ne fera jamais le lien avec nous.

Maia se remit à pleurer. Della mit longtemps à la calmer. Elles discutèrent pendant plus de deux heures, durant lesquelles Della fit de son mieux pour convaincre son amie que leur vie reprendrait bientôt son cours normal et que personne ne découvrirait jamais leur secret.

Au début, l'attitude pleurnicharde de Maia l'exaspéra. Après tout, ce n'était pas elle qu'on avait agressée ; ce n'était pas elle qui avait poussé ce type et qui l'avait tué.

Puis en regardant toutes les peluches et les poupées de son amie, en pensant à ses parents surprotecteurs, Della éprouva plus d'indulgence. Maia n'avait jamais eu l'occasion de grandir. Ses parents faisaient tout leur possible pour prolonger son enfance.

Quand Della eut fini de lui parler, Maia paraissait beaucoup plus calme.

– Essaie de dormir maintenant, lui conseilla Della en se dirigeant vers la porte. Tu te sentiras mieux demain. Je te le promets.

– Merci, Della, lui dit Maia en souriant pour la première fois. Désolée d'être un tel boulet.

Della lui souhaita une bonne nuit, descendit l'escalier et sortit de la maison. Après l'atmosphère confinée de la chambre de Maia, respirer un peu d'air frais lui fit du bien. Elle s'aperçut que la chaussée était humide. Il avait dû pleuvoir pendant qu'elle était chez Maia.

Elle s'éloigna d'un pas rapide sur le trottoir qui scintillait sous les lampadaires. Les pelouses mouillées luisaient également, et Della eut soudain la sensation d'arpenter une autre planète – une planète humide et verdoyante, baignée dans une lumière délicate et un silence surnaturel.

Presque toutes les lumières étaient éteintes chez elle, à l'exception de la lampe du perron. Sa mère avait dû se coucher de bonne heure. Della ouvrit la porte moustiquaire et quelque chose tomba à ses pieds.

Une enveloppe.

Elle se pencha pour la ramasser. Elle l'examina sous la lumière jaune. Il n'y avait rien d'écrit dessus. Juste une petite trace noire, probablement une empreinte de doigt, dans le coin inférieur droit.

Elle sentit un objet à l'intérieur.

Elle referma la porte moustiquaire et déchira l'enveloppe. Elle l'inclina, et l'objet qu'elle avait senti tomba au creux de sa main.

C'était un petit crâne en argent.

L'un de ceux du médaillon du garçon mort ?

Entrouvrant l'enveloppe, elle aperçut un papier plié. Elle le saisit d'une main tremblante.

On y avait griffonné quelques mots au crayon :

J'AI VU CE QUE VOUS AVEZ FAIT.

8

— Au début, j'ai cru que c'était une de tes blagues, Ricky, dit Della en lui plantant l'index dans le torse.

— Della, enfin ! se récria Ricky, visiblement mortifié. Je ne ferais jamais un truc aussi débile.

— Aussi débile que de cacher nos canoës, tu veux dire ? lui rappela Suki.

Ils étaient installés dans le salon de Della, à l'exception de Pete qui les rejoindrait ensuite parce que sa famille dînait tard. On était mardi soir, deux jours après que Della eut trouvé le crâne et le petit mot à sa porte. Sa mère jouait au bridge chez les Garrison, à quelques maisons de là.

Même s'ils n'avaient aucune envie de se réunir, surtout si tôt après ce qui s'était passé, les membres du club des activités de pleine nature n'avaient pas vraiment le choix. Ils ne pouvaient pas ignorer l'enveloppe. Ils devaient tenter de découvrir qui l'avait déposée et pourquoi.

– Tu es sûr que ce n'est pas toi ? insista Suki en toisant Ricky avec dédain.

– Lâche-le, intervint Gary. Il n'est pas complètement insensible, tu sais.

– Si, si, dit Ricky en lui adressant un grand sourire. N'empêche que ce n'est pas moi qui ai récupéré ce crâne sur le corps pour le faire parvenir à Della.

Gary se leva pour fouiller dans la poche de son jean.

– J'en ai reçu un, moi aussi.

Il leur montra un deuxième crâne en argent, identique au premier.

– Quoi ? Quand ça ? Où l'as-tu trouvé ? demanda Della.

– En relevant le courrier hier après-midi, après le lycée. Il était dans ma boîte aux lettres.

Suki lui prit le crâne des mains pour l'examiner.

– Il y avait aussi un mot avec ? voulut savoir Della.

– Non. Pas de mot.

– Bizarre, déclara Ricky.

– Ça, c'est un commentaire intelligent, railla Suki.

– Fiche-moi la paix, tu veux ? s'écria Ricky avec agacement.

– Tu peux toujours rêver, marmonna Suki.

– Du calme, s'il vous plaît, dit Gary. Ce n'est pas le moment de nous disputer. On a un sérieux problème sur les bras. Celui ou celle qui nous a adressé ces crânes sait où on habite !

Tout le monde se tut. Della frissonna, imaginant un inconnu gravir son perron, entrouvrir la porte moustiquaire et coincer une enveloppe derrière. Quelqu'un qui était venu chez elle. Qui les avait vus ce soir-là, au bord du ravin. Qui les avait regardés recouvrir le corps de feuilles.

Et ensuite, qu'avait fait ce témoin de leur crime ? Il avait ôté les feuilles du corps, récupéré les crânes du collier et les avait déposés à l'intention de Della et de Gary ? Dans quel but ?

– Quelqu'un d'autre a reçu quelque chose ? demanda Ricky. Pas moi, en tout cas.

– Moi non plus, dit Suki.

Maia fit non de la tête. Assise en tailleur dans un fauteuil trop grand pour elle, la mine contrariée, elle n'avait pas dit un mot depuis son arrivée.

– Où est Pete ? s'impatienta Suki.

– Il ne devrait plus tarder, répondit Della. Mais quand je l'ai vu cet après-midi, il n'avait rien reçu.

– Pourquoi seulement nous deux ? s'interrogea Gary. (Nerveux, il se leva du canapé en cuir où il s'était assis à côté de Suki et marcha jusqu'à la fenêtre.) Pourquoi nous deux ?

Il s'arrêta brusquement et pivota face à eux.

– Hé, ça me fait penser à un truc. J'ai perdu mon portefeuille. Est-ce que l'un de vous a perdu le sien aussi ?

– Oui, moi, répondit Della en levant la main comme s'ils étaient en cours. Il était dans mon sac à dos. J'en suis sûre, ajouta-t-elle en rejoignant Gary.

– Le mien aussi, dit-il. Cela explique sans doute comment le type a eu nos adresses.

Della se souvint soudain du raffut qu'elle avait entendu à l'extérieur de la tente cette nuit-là, des bruits de pas. Il ne s'agissait peut-être pas d'un raton laveur, finalement. Peut-être que quelqu'un s'était bel et bien glissé dans leur campement, à quelques mètres de l'endroit où elle dormait, avait fouillé dans leurs sacs et volé leurs portefeuilles.

Della observa la rue. Cette personne pouvait être n'importe où. Elle tira les rideaux d'un geste brusque.

– Il faut qu'on prévienne la police, dit Gary en la regardant droit dans les yeux.

– Non ! s'écria Maia, sortant enfin de son silence. Vous ne pouvez pas faire ça ! Je veux dire, on ne peut pas.

– Mais, Maia... commença Gary.

– On aurait beaucoup trop à perdre. Nos parents ne nous feraient plus jamais confiance, insista Maia, cramponnée aux accoudoirs de son fauteuil. Toute la ville serait au courant que...

– *Mais ce type sait où on habite !* riposta Gary d'un ton furieux.

Il jeta le crâne en argent dans sa direction. Celui-ci rebondit sur la moquette et s'arrêta aux pieds de Maia.

– Oh, Gary, relax, lui dit Suki. (Elle tapota le canapé à côté d'elle.) Viens t'asseoir. Tâchons de réfléchir à tout ça calmement, d'accord ?

Gary secoua la tête.

– Je suis calme, dit-il.

Il retourna tout de même s'asseoir auprès de Suki. Penché au bord du canapé, les mains entre les genoux, il se mit à faire craquer bruyamment ses phalanges.

– Le calme incarné, ironisa Suki. À votre avis, qu'est-ce qu'il veut, ce type, avec ses crânes ?

– Aucune idée, reconnut Gary en s'attaquant aux phalanges de son autre main.

– Nous faire peur, peut-être ? suggéra Della.

– Pas nous balancer, en tout cas, ajouta Suki. S'il avait voulu nous dénoncer à la police, ce serait déjà fait.

– Il y a des chances, reconnut Gary.

— S'il avait voulu signaler le corps, il l'aurait fait aussi, continua Suki. Apparemment, ce n'est pas ce qu'il veut. Il cherche à nous intimider, à nous flanquer la trouille. Pourquoi ?

Gary haussa les épaules.

— Parce que ça l'excite ? Va savoir.

— Possible, dit Della.

— Oui, eh bien ce type ne me fait pas peur, déclara Suki. Et ce ne sont pas ses petits crânes ridicules qui vont me convaincre d'aller voir la police. Je parie que si on l'ignore, il laissera tomber.

— Elle a raison, dit Maia.

C'était bien la première fois qu'elle tombait d'accord avec Suki sur quoi que ce soit.

— Vous oubliez deux détails importants, leur fit remarquer Della, debout derrière le canapé. D'abord, il ne compte peut-être pas se contenter de nous faire peur. S'il a réellement vu ce qu'on a fait, s'il était là, près du ravin, il pourrait témoigner contre nous. Peut-être qu'il a l'intention de nous faire chanter, ou de faire chanter nos parents.

— Oui, mais... commença Suki.

— Laisse-moi finir, s'énerva Della en frappant le dossier du canapé avec le plat de la main. Second détail, plus crucial encore, examinez le comportement de ce type. Il nous a regardés sans intervenir. Ensuite il a ôté les feuilles du corps. Il l'a fouillé. Et il lui a pris son collier. Ce type doit être un taré, une espèce de malade. Qui sait de quoi il est capable ? On est peut-être tous en danger.

– Sauf que s'il avait voulu s'en prendre à nous directement, s'il avait voulu nous faire du mal, rétorqua Suki, il en aurait eu largement l'occasion. Or il se contente de déposer ses petits crânes un peu partout. Je ne crois pas que ça suffise pour...

Elle fut interrompue par un coup sourd frappé à la porte.

– C'est sûrement Pete, dit Della en traversant le salon. (Elle ouvrit la porte.) Salut !

Mais il n'y avait personne.

Surprise, elle poussa la porte moustiquaire et fit un pas dehors. Elle ne vit personne aux alentours. Elle retourna à l'intérieur, tira la porte derrière elle et mit un tour au verrou.

– J'ai halluciné ou quoi ? demanda-t-elle. Vous avez tous entendu frapper, non ?

– C'est peut-être lui. Peut-être qu'il est revenu, s'inquiéta Maia. Toutes les portes sont bien fermées à clé ?

– Je crois, répondit Della. Je vais vérifier.

Elle courut dans la cuisine s'assurer que la porte de derrière était verrouillée. C'était bien le cas. Puis elle vérifia la porte-fenêtre coulissante dans le bureau. Celle-ci ne l'était pas. Elle eut du mal à donner un tour de clé – cette fichue serrure résistait toujours –, mais finit par y parvenir.

Elle scruta un moment le jardin plongé dans le noir. Un mince croissant de lune pointait au-dessus du garage. Elle colla son front contre la vitre.

Était-ce une ombre qu'elle distinguait sur la pelouse ? Ou un effet de son imagination ?

Della s'écarta de la fenêtre pour se plaquer contre le mur. Puis, prudemment, elle retourna jeter un coup d'œil à l'extérieur.

Ce n'était qu'un chat.

Elle inspira profondément puis relâcha son souffle. Son cœur cognait à tout rompre. Elle avait les mains gelées.

« Quelle idiote je suis ! pensa-t-elle. Se faire des frayeurs pareilles à cause d'un chat. »

Elle se rendit compte que les autres devaient se demander où elle était passée. Après avoir vérifié la serrure une dernière fois, par précaution, elle sortit dans le couloir.

Elle avait presque regagné le salon quand elle entendit de nouveau frapper à la porte d'entrée.

9

— Qui est là ? lança Della.

Pas de réponse.

On n'entendait aucun bruit derrière la porte.

Brusquement, Gary tourna la clé et saisit la poignée.

— Non, Gary ! s'écria Della.

Trop tard. Il avait déjà ouvert.

Il n'y avait personne sur le perron.

Gary repoussa la porte moustiquaire et sortit. Plus loin dans la rue, une voiture avec un phare cassé tourna au coin en faisant crisser ses pneus. Elle roulait bien au-dessus des cinquante-cinq kilomètres à l'heure autorisés. Quand le véhicule passa sous un lampadaire, Della aperçut une bande de jeunes à l'intérieur.

« C'est ça qu'on devrait être en train de faire, pensa-t-elle. Rouler au hasard et passer du bon temps. »

– Gary, s'il te plaît, rentre, l'appela Della en le regardant faire le tour de la pelouse.

– Il n'y a personne, annonça-t-il avec soulagement. (Il revint à petites foulées.) Et je n'ai remarqué aucune trace de pas.

– Ce n'est peut-être qu'un fantôme, dit Della en riant.

– Un petit malin qui s'amuse, oui, grommela Gary. Sauf que sa plaisanterie ne fait rire que lui.

Della referma et verrouilla soigneusement la porte. Ils retournèrent dans le salon.

Ricky, Maia et Suki se tenaient près de la fenêtre.

– Est-ce que... est-ce que vous l'avez vu ? demanda Maia.

Gary haussa les épaules.

– Je n'ai vu personne.

– Dans ce cas, qui a frappé ? insista Maia, les poings serrés.

– Le fantôme de Noël dernier, répondit Della.

Personne ne rit.

– On devrait peut-être prévenir la police, suggéra Suki.

Pour la première fois, elle paraissait inquiète. Elle portait un pull turquoise beaucoup trop grand qui lui descendait pratiquement aux genoux. Elle croisa les bras en frissonnant.

– Non ! protesta Maia. Il n'y a pas de raison. Si ça se trouve, c'est juste un gosse du quartier qui nous fait une blague.

– J'adorais faire ce genre de farces quand j'étais gamin, avoua Ricky avec un sourire.

– Tiens donc ! Quelle surprise, ironisa Suki.

– Je trouvais ça hilarant à l'époque. (Il s'allongea de tout son long sur le canapé, la tête sur l'accoudoir.) Aujourd'hui, j'en suis moins sûr.

– On est trop exposés, ici, déclara Della d'un air sinistre.

– Écoute, ne commençons pas à nous faire des films, la rembarra Gary. Ce cinglé s'amuse avec nous, c'est tout. S'il voulait vraiment s'en prendre à nous, il aurait pu le faire quand la porte était ouverte. Il veut seulement nous intimider.

– Et ça marche ! s'exclama Ricky. Ça marche même drôlement bien !

– S'il frappe encore, on sera prêts à le recevoir, dit Gary.

– Comment ça ? demanda Della avec méfiance.

Gary était un garçon super, et tout le monde l'appréciait. Mais l'une des raisons de sa popularité tenait à sa témérité : il lui arrivait parfois de commettre des imprudences dont tout le lycée parlait ensuite pendant des semaines.

Della le connaissait bien. Elle était sortie avec lui pendant longtemps. Cette lueur dans son regard ne lui était que trop familière, et cela ne la rassurait pas. C'était une lueur de défi. Il avait quelque chose en tête et ne laisserait personne lui barrer la route.

– Gary ? À quoi tu penses ? s'inquiéta-t-elle en le suivant dans le vestibule.

– À rien. Ne me regarde pas comme ça, Della. Je ne vais rien faire d'inconsidéré. Je veux juste voir la tête de ce guignol.

– On devrait rentrer chez nous, dit Maia en les rejoignant avec Ricky et Suki.

– Quoi ? La soirée commence à peine ! s'exclama Ricky, avant de s'esclaffer bruyamment comme s'il venait de dire un truc tordant.

– Un peu de patience, Maia. Pete n'est même pas encore arrivé, dit Della.

– Sans compter qu'on n'a toujours rien décidé, à propos de ce qu'on va faire pour les crânes, et pour le mot, ajouta Suki.

– Ce qu'on va faire ? Et que veux-tu qu'on fasse ? geignit Maia. La seule idée qui me vient, c'est de ne pas rester plantés là pendant que ce type joue à nous faire peur.

Gary, qui avait disparu dans l'escalier, revint avec le Polaroid de Della.

– Que diriez-vous d'une photo de groupe ? proposa-t-il tranquillement.

– Cela aura au moins le mérite de faire sourire tout le monde, approuva Ricky en riant.

– Tu veux me redonner le sourire, Schorr ? Tire-toi ! lui dit Suki.

– C'est bon, Suki, intervint Gary. Arrête de le chercher.

– C'est lui qui me cherche, rien qu'en existant, marmonna Suki.

Ricky leva les yeux au plafond.

– Elle est bien bonne, celle-là ! Rappelle-moi de rigoler plus tard, dit-il.

– Ça suffit, tous les deux, s'énerva Della.

– Moi, je m'en vais. Sérieux. Je rentre chez moi, annonça Maia en se dirigeant vers la porte.

– Non, attends ! protesta Gary en la retenant par le bras. Tu vas le faire fuir avant que j'aie pu le prendre en photo.

– C'est ça, ton plan ? s'écria Della. La prochaine fois qu'il frappe, tu ouvres la porte, tu lui dis « Souris ! » et tu lui tires le portrait ?

– Eh bien, oui, répondit Gary, sur la défensive. C'est le plan. Tu as mieux à proposer ?

– Oui. Laisse tomber.

– Et s'il ne veut pas se laisser photographier ? demanda Suki.

– Et si ça le met en rogne ? renchérit Ricky.

– Laissez-moi partir, s'il vous plaît ! supplia Maia.

– Dès que j'aurai pris la photo, Della, claque la porte et verrouille-la. Il sera trop surpris pour réagir, dit Gary. Ensuite, on appellera la police. Qu'en penses-tu ?

Elle roula les yeux.

– Que c'est idiot, répondit-elle. Mais je suis prête à parier que tu le feras quand même.

Gary sourit.

– Exact.

– S'il vous plaît, laissez-moi partir, répéta Maia.

– Tais-toi, Maia. On est tous dans le même bateau. Il faut qu'on soit solidaires, dit Della.

– Dans ce cas, on n'a qu'à tous se barrer ! proposa Ricky, qui s'empressa de lever les mains en l'air. Je rigole !

Maia se renfrogna.

– Vous ne pouvez pas me garder prisonnière ici, protesta-t-elle.

– Tu n'es pas prisonnière, rétorqua Suki. Cela dit, on ne peut pas non plus te permettre de déserter.

– Vous agissez comme des dingues ! continua Maia, d'une voix aiguë. Tout ce que je veux, moi, c'est que ce cauchemar se termine.

– C'est ce qu'on veut tous, déclara Suki. Cependant, ce n'est pas en courant te réfugier chez papa-maman que les choses vont s'arranger.

– Chut ! Tenons-nous prêts, dit Gary, ignorant Maia et levant son appareil photo. À l'instant où il frappe, Della, tu ouvres. Il faudra faire vite ou on risque de le rater.

– Mais comment veux-tu... ? commença Della.

Avant qu'elle puisse achever sa phrase, on frappa bruyamment à la porte.

Della sursauta, la respiration coupée.

Le temps parut se figer.

Tous se pétrifièrent.

On frappa encore une fois.

Della parvint tant bien que mal à relâcher son souffle. À faire fonctionner de nouveau son cerveau, ses bras. À déverrouiller la porte et, d'un geste vif, à l'ouvrir en grand.

Gary s'avança avec son appareil et appuya sur le déclencheur. La lumière aveuglante du flash inonda le vestibule.

10

Le flash leur dévoila brièvement un mouvement, un visage, des vêtements foncés. Il s'agissait d'un homme. Qui disparut aussi vite que la lumière s'éteignit.

Il fit un bond de côté. Della l'entendit s'enfuir à travers les massifs de fleurs.

« Il va passer derrière la maison », pensa-t-elle.

La surprise, le fait qu'un inconnu se soit réellement tenu sur le perron, laissèrent Gary et Della statufiés. Comme si c'étaient eux qu'on avait figés sur la photo.

Le temps qu'ils se décident à pousser la porte moustiquaire pour jeter un coup d'œil dehors, il n'y avait plus personne.

– La photo. Regardez ! Elle est en train de se développer, dit Gary en tenant le Polaroid d'une main tremblante.

Les contours se dessinaient peu à peu.

Maia, Suki et Ricky se pressèrent derrière eux. Tous regardèrent en silence l'image se préciser sous leurs yeux.

Ricky secoua la tête.

– Super photo de la moustiquaire ! commenta-t-il en observant le cliché.

La surface de la porte moustiquaire scintillait. Derrière, on n'apercevait que du noir – pas même la silhouette de l'homme en train de s'enfuir.

– On l'a manqué, dit Della.

– Retour à la case départ, grommela Gary, déçu.

Quelqu'un apparut brusquement sur le perron.

« Oh, non ! On n'a pas refermé la porte ! se dit Della. Il a fait le tour de la maison et il est revenu ! »

Elle saisit la poignée et voulut claquer la porte.

Gary leva de nouveau son appareil et déclencha le flash.

– Holà ! Qu'est-ce qui vous prend ? s'écria l'ombre sur le perron.

– Pete ! s'écrièrent-ils tous ensemble, soulagés.

Pete parut perplexe.

– Désolé d'arriver si tard. C'est gentil à vous d'être venus m'accueillir. Je vois que vous avez déjà commencé à vous amuser sans moi.

– Tu parles, fit Della en soupirant, c'est la folle ambiance. On a eu de la visite. (Elle verrouilla la porte derrière lui.) Tu n'as vu personne, dehors ?

– Non, personne. (Pete regarda le Polaroid.) Vous prenez des photos ?

– Oui. On démarre un album de famille, plaisanta Ricky.

– Sans moi. Je ne veux pas me retrouver dans la même famille que Schorr ! dit Suki.

Maia retourna dans le salon et se laissa tomber dans un fauteuil d'un air morose.

– Je peux y aller, maintenant ? gémit-elle.

– La folle ambiance, hein ? répéta Pete en suivant les autres dans la pièce.

Maia fit la grimace.

– Cette fois, c'est dit : j'y vais.

Mais elle ne bougea pas de son fauteuil.

– Une seconde, Maia, lui dit Pete. J'ai apporté un truc qui devrait t'intéresser.

Il sortit de la poche de son pantalon une page de journal qu'il déplia sur la table basse. Tout le monde se pencha pour lire.

C'était un article du *Beacon* de Shadyside. Le gros titre annonçait :

DES VOISINS ASSISTENT
À UN CAMBRIOLAGE FATAL

Plus bas, un sous-titre précisait :

La police recherche deux suspects

– Lis-le à haute voix, Pete, demanda Suki.

– Parce qu'elle ne sait pas lire, persifla Ricky.

Suki lui décocha un coup de coude dans les côtes.

– Lis-le, toi, suggéra Pete en passant l'article à Della. Je vois encore flou à cause du flash.

Selon le journaliste, des voisins avaient aperçu deux hommes s'introduire par effraction chez un jardinier à la retraite. Il y avait eu des coups de feu, puis les témoins avaient vu les deux hommes s'enfuir, les mains vides.

On avait retrouvé le jardinier abattu chez lui. Selon la rumeur, c'était un millionnaire excentrique qui aurait caché une fortune quelque part dans sa maison – sans doute la raison de la visite des deux malfrats, d'après la police. Comme ils n'avaient rien trouvé, ils avaient dû s'en prendre au retraité et l'avaient tué.

Les deux suspects étaient toujours en fuite, concluait le journaliste, et la police les recherchait activement. Un voisin avait vu clairement le visage de l'un d'eux. Son portrait-robot figurait en regard de l'article.

– Oh, non ! Regardez sa tête ! s'écria Della.

C'était le garçon de Fear Island, celui qu'ils avaient enseveli sous une couche de feuilles au fond du ravin.

– En fin de compte, c'était un meurtrier ? dit Suki, fixant le dessin comme pour le graver dans sa mémoire. Tant mieux ! Comme ça, pas de regrets.

– Il m'a parlé d'un vieil homme, se souvint subitement Della. Il s'exprimait à toute vitesse, comme un cinglé, il m'a raconté qu'il avait eu un problème de communication avec un vieil homme et qu'il avait dû lui donner une leçon ou je ne sais quoi. Sur le moment, je n'ai pas compris grand-chose. J'avais trop peur. Je saisissais à peine un mot sur deux.

– Eh bien, maintenant, on sait qui c'était, conclut Pete en repliant la page de journal et en la rangeant dans sa poche. Et on sait aussi qui nous a regardés enfouir le corps sous un amas de feuilles. Et qui a adressé l'un des crânes en argent à Della. C'est son complice.

Son complice. « Cela explique tout », pensa Della. Le garçon n'était pas seul dans les bois. Son complice et lui avaient dû y trouver refuge. Qui aurait songé à les chercher sur cette île inhabitée ?

Et le complice en question devait se terrer aux abords du ravin au moment de l'accident. Il avait tout vu.

– À votre avis, qu'est-ce qu'il veut ? demanda Maia tout bas.

Les nouvelles apportées par Pete les avaient tous laissés sans voix. Ils se rendaient compte à présent que leur secret n'en était plus tout à fait un. Quelqu'un d'autre était dans la confidence, quelqu'un qui avait assassiné un vieil homme. Quelqu'un qui savait où habitaient Gary et Della. Quelqu'un qui s'était tenu juste derrière la porte.

– Sûrement pas nous remercier, répondit sèchement Suki.

– Il veut peut-être se venger ? suggéra Ricky.

Tout le monde se tourna vers lui pour vérifier s'il était sérieux. Il l'était.

L'ambiance devint lugubre. Personne ne dit plus rien pendant plusieurs minutes.

– À votre avis, c'est quoi, le pire ? finit par demander Gary. Qu'il veuille nous faire chanter ou qu'il souhaite se venger ?

– Comment veux-tu qu'il nous fasse chanter ? demanda Maia.

Le visage écarlate, elle semblait sur le point de se mettre à pleurer.

– Pas nous. Nos parents, dit Pete, les yeux rivés au sol. Ce cambriolage ne leur a rien rapporté. Le complice doit avoir envie de se refaire.

– C'est vrai que nos parents sont plutôt à l'aise, convint Gary.

– Parle pour toi. Les miens n'ont pas un radis, rétorqua Suki avec aigreur.

Gary l'ignora.

– Le complice pourrait tout raconter à nos parents et menacer de nous dénoncer à la police s'ils refusent de lui verser une grosse somme.

– Quoi ? Mais c'est *horrible* ! s'exclama Maia.

– Ne nous emballons pas, déclara Della en se levant du tabouret de piano sur lequel elle s'était assise pour réfléchir. Cela ne tient pas debout.

– C'est toute cette histoire qui ne tient pas debout, marmonna Suki.

– Ce type ne peut pas aller voir la police. Il a tué un homme, vous avez oublié ?

– Della a raison, approuva Maia, manifestement soulagée.

– Il ne peut pas se présenter au poste pour raconter aux flics qu'il nous a vus tuer son complice.

– Les flics nous diraient probablement merci, de toute manière, déclara Ricky en retrouvant le sourire. Peut-être même qu'ils nous fileraient une récompense !

– N'importe quoi, marmonna Della en secouant la tête. En tout cas, on peut parier que le type n'ira pas voir la police.

– En revanche, il pourrait bel et bien menacer de nous dénoncer, fit observer Pete. Ce serait facile. Il lui suffirait de passer un coup de fil anonyme.

– Mon Dieu ! s'écria Maia, horrifiée.

– Alors à votre avis, il choisira quoi ? demanda Della d'une voix morose. Chantage ou vengeance ?

– On est fichus, de toute manière, dit Suki. Il pourrait nous faire chanter jusqu'à la fin de nos jours.

– On ferait mieux d'avertir les flics, trancha Gary.

– Ce n'est pas ça qui vous protégera, Della et toi, fit valoir Maia.

– Oh, Maia, arrête un peu de ne penser qu'à toi, pour une fois ! explosa Della, qui finissait par perdre patience. Tu as seulement peur que tes parents découvrent que tu as passé une nuit dehors sans la surveillance d'un adulte. Tu te fiches pas mal de ce qui pourrait nous arriver à nous !

Maia en resta bouche bée et rougit comme une tomate. Della regretta aussitôt de s'être emportée contre elle. Elle en aurait pour des mois à s'excuser. Et quel résultat avait-elle obtenu en lui hurlant dessus ? Aucun. Maia ne changerait pas.

– Ce n'est pas vrai ! protesta Maia. Je... je... D'accord. Je la boucle.

Elle croisa les bras et jeta un regard furibond à Della.

– N'empêche que Maia n'a pas tort, fit remarquer Pete. Que veux-tu que les flics fassent pour te protéger – toi ou n'importe lequel d'entre nous – contre ce taré ? Tu crois qu'ils vont faire des rondes autour de chez toi vingt-quatre heures sur vingt-quatre ? Ou t'escorter sur le chemin du lycée ?

– Sauf que grâce à notre aide, ils pourraient peut-être arrêter le complice, dit Della.

– Quand ça ? intervint Ricky. Après qu'il nous aura tous éliminés dans notre sommeil ?

– Ne dis pas ça ! glapit Maia.

– S'il vous plaît... Ça tourne au délire, là, trancha Suki. Je crois qu'on devrait tous se calmer. Jusqu'à maintenant, ce gars s'est contenté de...

Un coup frappé à la porte l'interrompit net.

Tous se figèrent. Maia poussa un petit cri et s'enfonça dans son fauteuil. Della se tourna vers le vestibule comme si elle s'attendait à voir la porte voler en éclats.

– Je... j'ai laissé l'appareil photo dans l'escalier, souffla Gary.

– Je n'ai pas l'intention d'ouvrir, murmura Della. Faisons comme s'il n'y avait personne.

Les six amis regardèrent tous en direction du vestibule dans un silence apeuré.

On frappa de nouveau, plus fort cette fois.

– À quoi il joue ? pleurnicha Maia.

– J'en ai marre, j'y vais, s'exclama Gary en se levant. Je parie qu'il aura disparu quand j'ouvrirai, de toute façon.

– Gary, non... commença Della.

Résolument, Gary s'avança jusqu'à la porte, hésita une seconde, puis cria d'une voix ferme :

– Qui est là ?

Il y eut un bref silence. Puis une voix masculine répondit :

– C'est nous !

11

Gary parut d'abord perplexe. Puis il tourna le verrou et ouvrit la porte.

La mère de Della entra, suivie d'un grand chauve.

– Tiens, Gary ? Quelle bonne surprise ! s'exclama Mme O'Connor, déconcertée. Je te présente M. Garrison. Il m'a raccompagnée à la maison.

– Ta mère avait oublié ses clés, expliqua M. Garrison à Della.

Mme O'Connor passa la tête dans le salon et fut encore plus éberluée à la vue des invités de Della.

– Della, une soirée entre amis, alors que tu as cours demain ?

« Tu parles d'une soirée », pensa Della.

– Et toi, comment se fait-il que tu sois là ? bredouilla-t-elle. Je veux dire, tu rentres drôlement tôt !

– Personne n'avait vraiment la tête au bridge, ce soir, répondit Mme O'Connor. Alors, nous avons décidé d'arrêter de bonne heure. Et vous, qu'est-ce que vous faites ?

Elle posa son sac à main dans le vestibule et s'avança dans le salon.

– Maman, je te présente les membres du club des activités de pleine nature.

Elle présenta ses amis à sa mère l'un après l'autre.

– J'aime beaucoup tes cheveux, fit observer Mme O'Connor à Suki. Comment fais-tu pour qu'ils tiennent en l'air comme ça ?

– Je mets du gel, répondit Suki, ne sachant pas trop si la mère de Della se moquait d'elle ou pas.

– C'est très... comment dit-on, de nos jours ? Ça déchire.

Le rire de Ricky se termina très vite en quinte de toux.

– Non, franchement, j'adore, insista lourdement Mme O'Connor. Il va sans dire, toutefois, que si Della faisait la même chose, je la tuerais !

– Maman, s'il te plaît... gémit Della.

– Et cette réunion du club, c'est pour quoi ? voulut savoir Mme O'Connor, ignorant les protestations de sa fille.

– Oh... On reparlait de notre soirée camping, c'est tout.

– Il paraît que ça s'est très bien passé, dit Mme O'Connor en corrigeant l'alignement d'une pile de magazines sur la table basse.

Elle ne pouvait jamais rester inactive quand elle parlait. Il fallait constamment qu'elle trouve un moyen de s'occuper.

– Oh, oui ! Super, confirma Gary.

– On peut dire que ça a tout déchiré, ajouta Ricky.

Personne ne rit. Si Mme O'Connor eut l'impression qu'il se moquait d'elle, elle ne le montra pas.

– On avait terminé, de toute manière, dit Della en se tournant vers les autres.

– Exact. Fin de la réunion, déclara Gary. (Il adressa un sourire à la mère de Della.) Je suis le président du club. Tant que je ne prononce pas ces paroles, personne n'est autorisé à s'en aller.

Mme O'Connor lâcha un petit rire aigu.

– C'est un plaisir de te revoir, Gary. Tu nous avais manqué.

Gary devint écarlate. Il ne savait plus où se mettre. Della non plus.

Ils se dirent au revoir et s'éloignèrent dans la nuit, sauf Pete, qui s'attarda un moment sur le seuil.

– Euh... Della ? Je peux te parler une minute ?

– Bien sûr.

Elle se demanda pourquoi il paraissait aussi nerveux. Aurait-il peur de rentrer seul alors que le complice du meurtrier rôdait dans les parages ? Elle espéra qu'il n'allait pas reparler des événements de la soirée, alors que sa mère était juste à côté.

– Je me demandais... dit-il en l'entraînant sur le perron pour avoir plus d'intimité, si ça te dirait de... de sortir avec moi vendredi soir.

– Oh !

Sa proposition la prit au dépourvu. Elle inspira profondément. L'air embaumait les fleurs de pommier.

– Entendu. (Elle lui sourit.) Ça me plairait bien.

Il lui retourna son sourire.

– Je passerai te prendre à huit heures, d'accord ? On pourra aller au cinéma. Ou au Moulin, si tu préfères.

– Parfait.

Le moulin au bout d'Old Mill Road, aussi vieux que la ville elle-même, avait été restauré récemment. C'était désormais une boîte de nuit pour adolescents, The Mill – le Moulin –, où beaucoup d'amies de Della se rendaient tous les week-ends pour danser et rencontrer des garçons.

Néanmoins, elle avait du mal à s'imaginer Pete dans cet endroit avec ses chinos bien repassés et ses polos Ralph Lauren.

« Il n'est peut-être pas si coincé, après tout, pensa-t-elle en le regardant reculer dans l'allée à bord de son break. Et puis, il est tellement adorable. C'est peut-être exactement ce qu'il me faut pour m'aider à oublier Gary. »

Elle frissonna soudain, se rappelant qu'elle n'était peut-être pas seule. Qu'il y avait peut-être un homme à proximité, caché dans le noir, qui l'observait en ce moment même d'un œil malveillant.

Frissonnant toujours, elle rentra et claqua la porte derrière elle, si violemment que des chiens se mirent à hurler et à aboyer dans toute la rue.

***

« Je ne pensais pas m'amuser à ce point », se dit Della. On était vendredi soir, et Pete et elle dansaient ensemble depuis plus d'une heure. Elle rit et lui donna une petite tape sur l'épaule en le voyant esquisser un pas maladroit.

Pete n'était pas un bon danseur. Il était même franchement calamiteux. Mais au moins, il s'appliquait. Et il était le premier à rire de sa gaucherie. « Qui aurait cru qu'il avait aussi le sens de l'humour ? » pensa Della, qui était en train de réviser complètement son opinion sur lui.

La boîte était bondée et surchauffée. Une musique assourdissante se déversait des haut-parleurs géants accrochés aux quatre coins de la salle. Des adolescents se pressaient sur la piste, se bousculaient, bougeant en cadence sur les percussions entêtantes. Les lumières bleues et rouges qui tournoyaient sur le sol donnaient l'impression que la salle entière pivotait. Des adolescents installés au bar ou au balcon regardaient évoluer les danseurs.

Il y avait beaucoup trop de bruit pour discuter. Peu après minuit, Della entraîna Peter dehors sur le parking.

– Ça suffit ! Je n'en peux plus ! s'écria-t-elle joyeusement.

Peter rit. Il faisait doux mais l'air les rafraîchit néanmoins. En levant les yeux vers le ciel, Della voyait encore tournoyer les lumières. Des échos de musique leur parvenaient de l'intérieur : batterie et ligne de basse qui cognaient au rythme de son cœur.

– Tu veux qu'on aille manger quelque chose ? proposa-t-il.

– Je ne sais pas. Il est tard.

Loin d'être fatiguée, elle se sentait survoltée, prête à n'importe quoi.

– Un hamburger, ça te dit ?

Il lui prit la main. Il avait la paume moite et brûlante.

Elle l'attira brusquement. Surpris, il trébucha contre elle. Elle lui attrapa la nuque, approcha son visage du sien et l'embrassa longuement.

– Simple baiser de courtoisie, dit-elle ensuite en riant devant sa mine stupéfaite. Comme ça, c'est fait. Et maintenant, allons manger des burgers.

Ils montèrent dans le break de Pete et descendirent immédiatement les vitres pour faire entrer l'air frais. Pete fit une marche arrière, puis gagna lentement la sortie du parking.

Une autre voiture les suivait, feux de route allumés. Pete s'engagea dans Old Mill Road en plissant les yeux, ébloui par la lumière dans son rétroviseur.

– Il ne peut pas mettre ses feux de croisement ? marmonna-t-il.

La rue était plongée dans le noir. À une heure aussi tardive, on n'y rencontrait personne à part des gens qui venaient au Moulin ou en partaient.

Della s'enfonça dans son siège, remontant les genoux contre le tableau de bord. Elle se sentait bien, heureuse et détendue. Mais elle voyait que quelque chose tracassait Pete.

– Qu'est-ce qu'il y a ?

– Ce type n'arrête pas de me coller, râla-t-il en regardant dans le rétroviseur.

– Ralentis. Laisse-le te dépasser, suggéra-t-elle.

Pete leva le pied. Della se retourna sur son siège. La voiture ralentit, elle aussi.

– C'est peut-être quelqu'un qu'on connaît ? dit Della. Je n'y vois rien avec ses feux de route.

La lumière des phares l'aveuglait complètement.

Pete ralentit encore et finit par se ranger sur le bas-côté.

– Hé, ça t'amuse ? cria-t-il en passant la tête à l'extérieur.

L'autre voiture vint se garer derrière eux, s'immobilisant à quelques centimètres de leur pare-chocs. Pete posa la main sur la poignée de sa portière.

– Non, attends, dit Della en le retenant par le bras.

Elle avait peur, tout à coup.

Et s'il ne s'agissait pas de quelqu'un qu'ils connaissaient ? Si c'était plutôt une personne qu'ils n'avaient pas *envie* de connaître ? Pendant toute la soirée, elle n'avait pas repensé une seule fois au mort et à son complice. Et voilà que leur existence lui revenait brusquement en mémoire.

– Ne sors pas, Pete. Verrouille ta portière.

Il la regarda d'un drôle d'air mais suivit son conseil.

Ils observèrent le véhicule à l'arrêt derrière eux, lui dans le rétroviseur, elle par la vitre arrière, attendant de voir qui en sortirait.

Mais personne ne descendit. Le conducteur se contenta de faire rugir son moteur, de plus en plus fort.

– J'ai peur, avoua Della. Tirons-nous, Pete.

Il enclencha la marche avant sans discuter puis écrasa l'accélérateur. Les pneus crissèrent sur la terre battue et la voiture bondit sur la chaussée. Pete perdit brièvement le contrôle ; le break fit une embardée. D'un coup de volant, il corrigea la trajectoire et partit pied au plancher.

Della se tassa sur son siège, s'efforçant de ne pas céder à la panique. Elle lança un coup d'œil au tableau de bord. Ils roulaient à plus de cent à l'heure.

– Oooh, gémit-elle. Il va nous lâcher, oui ?

Ils entendirent un crissement de pneus derrière eux, suivi d'un rugissement de moteur. La lumière des phares réapparut dans le rétroviseur, jetant des ombres mouvantes partout dans l'habitacle.

– J'y crois pas ! s'écria Pete. (Le volant tressautait entre ses mains. Il avait besoin de toute sa concentration et de tout son talent pour rester sur la route à une telle vitesse.) Il nous colle toujours ! C'est dingue !

Il accéléra encore. Della vit l'aiguille du compteur grimper à plus de cent trente.

– Qu'est-ce qu'il fabrique, bon sang ? s'écria-t-elle. C'est n'importe quoi ! Je déteste les courses-poursuites en voiture, j'ai toujours détesté ça dans les films !

– Vérifie ta ceinture, lui recommanda Pete. Elle a tendance à se desserrer.

– Oh, super ! s'exclama-t-elle. Tu choisis bien ton moment pour me dire ça !

Pete regarda vite fait dans le rétroviseur et écarquilla les yeux.

– Il... il accélère !

– Mais il va nous rentrer dedans ! hurla Della en se tassant sur son siège.

– Mon père va me tuer, dit Pete. Il adore cette voiture.

– C'est pour la voiture que tu t'en fais ? s'écria Della par-dessus le rugissement du moteur. Pas pour nos vies ?

– Tu ne connais pas mon père, répliqua Pete, qui se déporta brutalement sur la gauche avant de revenir sur le côté droit de la route. Il est très attaché à tout ce qui lui appartient.

– Aaah ! cria Della, ressentant l'impact de la voiture qui les poursuivait contre leur pare-chocs.

– Nom de... (Pete parvint tant bien que mal à conserver le contrôle du break.) Il cherche vraiment à nous envoyer dans le décor, ou c'est juste un jeu pour lui ?

Della ferma les yeux et se cramponna à son siège. Elle cria de nouveau quand leur poursuivant les heurta violemment. Le break parut décoller de la chaussée avant de retomber dans un crissement de pneus.

– Tourne ! s'écria-t-elle. Prends à gauche. Il ne nous suivra peut-être pas.

– Je ne peux pas ! répondit Pete, au bord de la panique. On roule beaucoup trop vite. J'ai assez de mal comme ça à rester sur la route.

L'autre véhicule les heurta une seconde fois, plus fort. La lumière aveuglante de ses phares semblait envelopper complètement leur voiture, s'infiltrer dans tous les moindres recoins.

– C'est une Taurus, dit Pete. Tu connais quelqu'un qui a une Taurus noire ?

– Non, dit Della. Qu'est-ce qu'on va faire ?

– Accroche-toi, lui recommanda Pete. Je vais essayer un truc. On verra bien si ça marche.

– Tu penses à quoi exactement ? s'inquiéta Della.

Au lieu de répondre, il écrasa la pédale de frein et braqua à fond. Le break dérapa sur une trentaine de mètres avant de partir en tête-à-queue. L'autre voiture fit une violente embardée sur la droite pour les éviter et les dépassa en rugissant.

Pete batailla pour reprendre le contrôle de son véhicule. Ils avaient pivoté de cent quatre-vingts degrés sans sortir de la route. Il écrasa la pédale de l'accélérateur et la voiture fit un bond en avant.

– C'est un vieux truc que j'ai vu dans *Kojak* ! s'exclama Pete, manifestement soulagé d'être encore en vie pour lui dire ça. Tu vas bien ?

– Je ne sais pas. Je crois. On l'a semé ?

Pete jeta un coup d'œil dans le rétroviseur.

– Oui, je crois. On...

Un crissement de freins et de pneus l'interrompit net.

– Il fait demi-tour !

Puis ils entendirent un grand bruit, si fort que Pete en lâcha le volant. Della poussa un cri de frayeur.

Il s'ensuivit un fracas épouvantable de verre brisé et de tôle froissée.

Pete arrêta la voiture. Le cœur de Della cognait à tout rompre. Au début, elle crut qu'ils avaient heurté un obstacle ! La situation était tellement incroyable. Au bout d'un moment, elle se rendit compte que c'était l'autre voiture qui avait quitté la route.

– Allons voir, dit Pete. Le type doit être dans un sale état.

Della frissonna.

– J'imagine. (Elle se tourna vers lui.) Ça va, toi ?

– Oui. Ça ne se passe pas si mal pour un premier rencard, tu ne trouves pas ?

– Tais-toi, s'il te plaît ! dit-elle sèchement.

Il roula lentement jusqu'au lieu de l'accident. Les phares de la Taurus étaient toujours allumés mais pointaient désormais vers le ciel. La voiture s'était encastrée dans un arbre. Avec ses roues qui continuaient de tourner, on aurait dit qu'elle cherchait à l'escalader.

En se garant à proximité, Pete et Della virent que le côté droit de la voiture était complètement détruit. Le côté conducteur, à l'inverse, semblait relativement épargné. Il y avait du verre partout sur la chaussée.

– Descendons, suggéra Pete.

Della lui prit le bras mais ne bougea pas de son siège.

– Tu n'es pas obligée de venir, lui dit-il doucement. Je peux très bien y aller seul. Tu n'as qu'à rester dans la voiture.

– Non, dit-elle, prise de nausée. Je t'accompagne. Je veux voir qui a cherché à nous tuer.

Ils s'approchèrent de la Taurus accidentée.

– Fais voir un peu ta tête, bougonna Della, les jambes flageolantes.

Elle ouvrit la portière du conducteur.

Il n'y avait plus personne à l'intérieur.

12

— Alors, c'était qui, finalement ? demanda Maia. Le type qui vous a poursuivis ?

Della haussa les épaules.

— Aucune idée.

On était lundi après-midi et elles attendaient à l'extérieur de la salle de classe de M. Abner. Les cours avaient pris fin depuis dix minutes à peine et les couloirs étaient déjà quasiment déserts.

Della venait de raconter à son amie la folle course-poursuite en voiture du vendredi soir. Elle avait d'abord hésité, mais elle avait besoin d'en parler à quelqu'un et Maia était le premier membre du club sur lequel elle était tombée. Elle le regrettait à présent, car Maia était devenue livide et tremblait comme une feuille.

— Tu ne sais pas qui était au volant ? s'exclama Maia, stupéfaite.

– Il n'y avait *personne* dans la voiture, rétorqua Della en baissant la voix, bien qu'elles soient seules dans le couloir.

– Tu veux dire que...

– Que le type a dû s'enfuir dans les bois avant qu'on arrive sur les lieux.

– C'est dingue, dit Maia, qui appuya la tête contre le mur jaune et ferma les yeux. Tu crois qu'il s'agissait de...

– Du complice ? Peut-être. En tout cas, ce n'était pas un élève du lycée. Je ne connais personne qui s'amuserait à faire un truc aussi dangereux.

– Mais pourquoi aurait-il voulu... ?

Maia s'interrompit en voyant Ricky arriver d'un pas alerte.

– Encore en train de parler de moi, hein ? dit-il en les enlaçant par la taille. Eh bien, je suis désolé. Vous ne pouvez pas m'avoir toutes les deux. Il va falloir vous battre entre vous pour régler ça.

Il s'esclaffa, puis entra dans la salle. Maia grimaça de dégoût. Elles l'entendirent saluer Suki, Gary et Pete.

– Il n'est pas si mal, plaida Della.

– Pas si mal que quoi ? Que la peste bubonique ? se récria Maia. (Puis son front se barra d'un pli soucieux.) Du coup, ça va, toi ? Tu n'as pas été blessée, au moins ?

– Non, la rassura Della. Pete et moi, on s'en est sortis sans une égratignure. Cela dit, on a eu chaud. Je peux te garantir qu'on est rentrés en avançant comme un escargot. (Elle fit passer machinalement son sac d'une main à l'autre.) En revanche, je ne dors pas très bien depuis. Chaque fois que je ferme les yeux, je revois les phares et je rêve qu'on me poursuit.

– Ça craint, dit Maia en secouant la tête. Moi aussi, je fais des cauchemars. On n'aurait jamais dû y aller tout seuls. Si on était restés chez nous... Oh ! Attention, voilà Abner.

– Salut, jeunes filles. Désolé pour le retard, lança le professeur de l'autre bout du couloir.

Il les rejoignit rapidement, faisant claquer ses santiags sur le carrelage. Avec son jean et son épaisse chemise à carreaux rouge et noir, il ressemblait plus à un cow-boy dégingandé qu'à un professeur. « Il ne lui manque plus qu'un bandana autour du cou », pensa Della.

– De quoi étiez-vous en train de parler avec cet air si sérieux ? leur demanda-t-il.

– Oh ! de rien, répondit Maia en rougissant.

– On avait vraiment un air sérieux ? s'écria Della d'un ton moqueur. C'est sûrement une première, non ?

Le professeur les suivit dans la salle. Elles s'assirent au premier rang. Pete sourit à Della. Suki minaudait auprès de Gary.

M. Abner baissa le store pour masquer le soleil qui tombait en plein sur son bureau.

– Belle journée, dit-il sans s'adresser à personne en particulier. Dommage de la passer enfermés.

– Oh ! moi, j'ai résolu le problème à ma façon, fanfaronna Ricky. J'ai séché tous les cours de la matinée !

Il s'esclaffa bruyamment pour que M. Abner comprenne qu'il plaisantait.

L'enseignant lui adressa un mince sourire. Puis il s'assit sur le bord de son bureau, croisa les jambes et regarda ses santiags.

– Bon, je suis de retour, dit-il. Je tenais à m'excuser d'avoir dû remettre à plus tard notre nuit camping. Je sais que vous vous y étiez préparés et que vous avez dû être déçus.

Della s'agita un peu sur sa chaise. Elle enroula distraitement une mèche de cheveux autour de son doigt – un tic qu'elle avait souvent ces derniers temps. Il faut dire que les raisons d'être nerveuse ne manquaient pas.

Dans l'immédiat, elle craignait surtout que l'un d'entre eux ne laisse échapper devant M. Abner qu'ils étaient partis camper sans lui. Elle aurait bien voulu qu'il change de sujet. Le terrain lui paraissait miné. Aucun d'eux ne trahirait délibérément le secret, bien sûr, mais n'importe qui risquait de vendre la mèche par inadvertance.

– Ah ! ces problèmes de famille... Je suis certain que vous comprenez, conclut M. Abner.

Della se rendit compte qu'elle n'avait pas écouté un mot de ce qu'il leur avait raconté.

Le professeur décroisa puis recroisa ses longues jambes.

– Bref, me voici de nouveau parmi vous, dit-il avec un sourire, et j'ai une excellente nouvelle à vous annoncer.

Tous dressèrent l'oreille.

– J'ai pu reprogrammer notre nuit camping sur Fear Island pour samedi prochain.

Il se pencha en avant, guettant des cris d'enthousiasme... qui ne vinrent pas.

– Oh, chouette ! finit par s'exclamer Della avec un entrain factice.

Après la nuit de terreur qu'ils avaient vécue la semaine précédente, ils n'avaient pas pensé une seule seconde que M. Abner leur proposerait une autre date.

– Oui, super, dit Ricky sans conviction.

– Ce week-end ? Ah, zut ! Je ne sais pas si je vais pouvoir, dit Maia. Mes parents ont prévu d'aller voir de la famille. Dans... euh... l'État voisin.

– Oui. Les miens aussi, ajouta Gary. Enfin, pas dans l'État voisin. Mais je crois qu'on a déjà d'autres plans, monsieur.

Leur professeur parut vexé.

– Je vous ai sentis très déçus, l'autre jour. Alors j'ai décalé tous mes projets personnels. (Il jeta un coup d'œil vers la fenêtre mais ne put voir le beau temps qu'il faisait à cause des stores baissés.) Je dois avouer que votre réaction me surprend. Ou plutôt, votre absence de réaction. C'est bien le club des activités de pleine nature, ici ? C'est bien vous qui m'avez harcelé tout l'hiver avec cette idée de camping ?

– On en a toujours envie, lui assura Gary. Sérieusement.

– Je n'ai même pas défait mon sac à dos, renchérit Della.

« Allez, les copains, pensa-t-elle. Montrez un peu plus d'enthousiasme ou Abner va se douter de quelque chose. Vous voulez vraiment qu'il nous demande pourquoi on ne souhaite plus mettre les pieds sur Fear Island ? »

– J'irai avec plaisir, déclara Suki, qui était restée pensive et silencieuse jusque-là. Mais il faut que je vérifie d'abord si mes parents n'ont pas de projets pour le week-end.

Elle se tourna vers Gary, quêtant son approbation ou son soutien.

Gary la dévisagea d'un air gêné. Puis il se tourna vers M. Abner.

– On devrait peut-être remettre cette réunion à plus tard. Je ne sais pas, mercredi, par exemple ? Comme ça, on saura tous si on est libres ou pas.

– Eh bien, je suppose que c'est la meilleure chose à faire, convint M. Abner sans chercher à masquer sa déception. Je dois dire que votre tiédeur me déroute. Est-ce qu'il y a un souci ? Quelque chose que je ne sais pas ?

Della sentit un frisson descendre dans son dos. Elle regarda Maia qui se cramponnait à sa chaise, les yeux rivés à ses chaussures.

– C'est sans doute le changement de saison, plaisanta Gary avec un sourire désarmant.

– Ou alors on a trop fait la fête ce week-end. Moi, en tout cas, je n'ai pas arrêté ! C'est sûrement ça, suggéra Suki.

Il y eut quelques rires gênés.

– On tient toujours à aller camper, affirma Pete.

« À peu près autant qu'on tient à notre prochaine interro de maths, pensa Della. Je ne sais pas si l'un d'entre nous acceptera un jour de remettre les pieds sur Fear Island. Dommage qu'on ne puisse pas lui expliquer. Ce n'est pas un mauvais bougre. Mais ça reste un professeur. Non, on ne peut rien lui dire. »

– D'accord, concéda M. Abner avec un haussement d'épaules résigné. Faisons comme ça. On se retrouve mercredi après les cours et vous me direz si vous pouvez caler cette nuit camping dans votre emploi du temps surchargé.

Il ramassa quelques papiers sur son bureau et s'en alla sans plus tarder.

Dès qu'il fut parti, Gary se leva d'un bond, s'avança au premier rang et fit signe aux autres de demeurer à leurs places.

– Il faut qu'on parle, déclara-t-il avec un regard nerveux en direction de la porte. Que va-t-on dire à Abner ?

– Et comment couper à cette fichue excursion, déclara Suki, à bout de nerfs. Parce qu'il n'est pas question que je retourne camper là-bas.

– Moi non plus ! s'écria Ricky.

Gary lui fit signe de baisser la voix.

– Je crois qu'on est tous d'accord là-dessus, dit-il. Par conséquent, il faut décider ce qu'on va...

Ils entendirent le bruit d'une porte de casier dans le couloir.

– Il vaudrait mieux éviter d'en parler ici, dit Della.

– Continuons cette discussion sur le parking, proposa Gary.

– Je n'ai que quelques minutes, prévint Maia en regardant sa montre. J'ai promis à ma mère de rentrer avant quatre heures.

Ils sortirent par une porte latérale et passèrent derrière le lycée pour rejoindre le parking. Il n'y restait plus que deux voitures. Presque tous les élèves étaient déjà rentrés chez eux. Sur le terrain d'entraînement derrière les courts de tennis, les membres de l'équipe de base-ball effectuaient leurs exercices d'échauffement.

– On n'a qu'à se débrouiller pour gagner du temps, suggéra Pete en s'adossant au grillage qui séparait le parking du terrain d'entraînement. Dans cinq semaines, c'est les vacances. Il suffit qu'on soit occupés tous les week-ends et le tour sera joué.

– Ou mettons Abner dans la confidence, dit Gary. Racontons-lui ce qui s'est passé. Ce serait peut-être une bonne idée d'en parler à un adulte. Cela m'étonnerait qu'il prévienne la police.

– Non ! protesta aussitôt Maia. C'est notre secret. On a juré de ne rien dire, tu te souviens ?

Les autres tombèrent d'accord avec elle. On ne pouvait pas savoir comment réagirait M. Abner.

– Gagnons du temps, décida Suki. Il faut juste que nous accordions nos violons afin de...

– Hé, ça me rappelle un truc, dit Ricky en lui coupant la parole. (Il se tourna vers Della et lui planta son index dans l'épaule.) Mon pistolet de paintball. Je n'en avais plus que cinq quand on est rentrés. Tu ne m'as pas rendu le tien. Tu pourrais me le rapporter à la maison ce soir ?

– Oh, non ! s'exclama Della en se cramponnant au grillage.

Elle avait très froid, subitement.

– Pas ce soir ? Alors demain, au lycée ? proposa Ricky sans remarquer son expression horrifiée.

– Je... je ne l'ai plus, bafouilla Della.

– Quoi ?

– Je l'avais avec moi au bord du ravin. Le type me l'a arraché des mains, et... (Elle secoua la tête, comme pour en chasser ce mauvais souvenir.) Je l'ai laissé sur place, près du corps. Sur Fear Island.

– Nom de... C'est pas vrai ! s'écria Ricky.

Il cogna son poing contre le grillage, qui résonna bruyamment. Plusieurs joueurs de baseball tournèrent la tête vers eux.

– Chut ! Pas si fort, Ricky, l'avertit Gary.

– Mais... mon pistolet ? On ne peut pas le laisser là-bas ! s'affola-t-il, ignorant la mise en garde de Gary. Quand les flics découvriront le corps, ils le verront !

– Ils ne sauront pas que c'est le tien, Schorr, rétorqua Suki avec un air méprisant.

– Je suis le seul amateur de paintball de tout le lycée ! s'emporta Ricky en lui postillonnant au visage. Il n'y a que moi qui possède ce genre d'équipement. Les flics n'auront qu'à demander à n'importe qui, on les renverra directement à moi. Mais je vais vous dire quelque chose...

Gary l'écarta brutalement de Suki.

– Baisse d'un ton, tu veux ? Calme-toi un peu, mec.

Ricky se dégagea.

– Il n'est pas question que je porte le chapeau pour la mort de ce type, s'énerva-t-il. Si les flics viennent m'interroger, comptez sur moi pour leur parler de vous.

– Espèce de sale petit... commença Suki, les yeux brillants de haine.

Gary s'interposa entre eux.

– Attendez ! Tous ! Arrêtez, d'accord ? s'écria Della. (Ils se tournèrent vers elle.) Ricky a raison. C'est ma faute. Tout ça, c'est ma faute.

– Della... protesta Pete.

Elle posa deux doigts sur sa bouche pour le faire taire.

– C'était mon pistolet, c'est moi qui l'ai oublié là-bas. Je n'ai donc pas le choix. Je vais...

je vais retourner sur Fear Island et te le rapporter, Ricky.

– Bon, d'accord, acquiesça celui-ci, sans lâcher Suki du regard.

– Waouh ! Pas si vite ! s'écria Pete. Tu ne vas pas retourner là-bas toute seule, Della. Je viens avec toi.

– Merci, murmura Della en lui souriant.

– On ferait peut-être mieux d'y aller tous, suggéra Gary.

– Quoi ? glapit Maia.

– Ben oui. On pourrait accepter la proposition d'Abner. Della s'éclipserait discrètement pour récupérer le pistolet. On est tous dans le même bateau, en fin de compte.

– Et si on y va tous ensemble, ce sera moins pénible, ajouta Pete.

– Peut-être, au fond, déclara pensivement Suki. Et puis, en cas de problème, Abner sera là. Si quelqu'un cherche à s'en prendre à nous, il lui filera un bon coup de santiag quelque part.

Tous rirent. Sauf Maia.

– Et si... si le complice est toujours là-bas ? demanda-t-elle en agrippant le grillage.

– J'espère bien, répondit Gary d'un air furibond. Il commence sérieusement à me fatiguer, ce type. J'adorerais lui en coller une.

Della fit la grimace. Elle détestait entendre Gary jouer au dur.

– Vous n'êtes pas obligés de venir, dit-elle sans conviction.

– On est tous dans la même galère, répliqua Gary. Bien sûr qu'on va venir. Pas vrai, les amis ?

Tous, à l'exception de Maia, hochèrent la tête en grommelant.

– À la réflexion, pourquoi pas ? déclara celle-ci à la surprise générale. Je suppose que ça ne pourra pas être pire que la dernière fois.

13

Quand ils se lancèrent à l'assaut du lac à bord de trois canoës – M. Abner et leur équipement dans l'un, trois autres membres du club dans chacun des deux autres –, le temps avait déjà commencé à se gâter. De gros nuages étaient venus masquer le soleil. Le ciel et l'eau étaient du même gris uniforme, et un léger brouillard troublait la démarcation entre les deux.

Personne ne parlait. On n'entendait que le bruit régulier des coups de pagaie et les cris rauques de deux canards.

Penchée en avant, Della fixait Pete par-dessus l'épaule de Maia et s'efforçait de pagayer au même rythme que lui. Un petit vent de face ridait la surface de l'eau et ralentissait leur progression.

– On est dans un film muet, ou quoi ? cria M. Abner, quelques mètres devant eux. Et si vous faisiez un peu de bruit ? Je ne sais pas, vous devez bien connaître des chansons ?

– Non ! répondirent Ricky, Gary et Suki à l'unisson.

– On ne va pas se mettre à chanter si tôt un samedi matin, ajouta Suki.

– On ne vous a jamais dit que vous étiez de sacrés rigolos ? s'exclama le professeur en pagayant contre le courant.

– Non, jamais, répondit Gary.

– Eh bien, ça ne m'étonne pas ! rétorqua M. Abner.

Ils lâchèrent quelques rires polis.

– Je n'en reviens pas qu'on retourne sur cette maudite île, marmonna Maia.

– Chut, Maia ! murmura Della. La voix porte loin sur l'eau. Tu sais bien pourquoi on le fait. Tâchons de veiller à ce que ça se passe bien.

Maia fronça les sourcils, ferma les yeux et faufila les mains dans ses manches pour les réchauffer.

Un léger crachin se mit à tomber. Le ciel s'assombrit encore. Le brouillard s'épaissit, créant une atmosphère lugubre et menaçante.

« Génial, pensa Della. C'est vraiment l'ambiance idéale pour revenir sur Fear Island... pour revenir sur les lieux d'un... d'un meurtre !

Arrête de dire ça, se reprocha-t-elle aussitôt. Ce n'était pas un meurtre, c'était un accident. »

Elle repensa au garçon enseveli sous les feuilles. Elle imagina son complice se pencher sur lui et récupérer son collier avec les crânes. Elle pensa au pistolet de paintball à quelques pas du cadavre.

Aurait-elle le courage de redescendre dans le ravin pour le récupérer ?

Oui. Elle n'avait pas le choix. Il ne fallait pas que la police le trouve.

Elle imagina le corps en train de se décomposer. Serait-elle obligée de le regarder ?

Non. Elle ramasserait le pistolet et s'empresserait de filer.

Et Pete viendrait peut-être avec elle. Il lui proposerait sans doute de l'accompagner.

Elle l'observa, assis à l'avant du canoë, avec ses cheveux bruns qui volaient dans le vent. Elle se rendit compte qu'elle commençait à l'apprécier. À son arrivée au lac une heure plus tôt, voir Gary avec Suki ne l'avait pas dérangée. Elle les avait regardés sans amertume, sans se dire que Gary aurait dû être avec elle. Désormais, Gary n'était plus qu'un garçon comme un autre, un copain du lycée. Et elle s'en réjouissait.

La bruine cessa et les nuages se clairsemèrent lorsqu'ils débarquèrent sur l'île et traînèrent les canoës au sec. Le paysage n'était qu'un camaieu de gris : les arbres, les dunes, la plage. Della avait l'impression d'évoluer dans un film en noir et blanc.

– Remontez les canoës jusqu'au pied des arbres, ordonna M. Abner, sans s'apercevoir qu'ils étaient déjà en train de le faire.

« On va devoir surveiller nos gestes, songea Della. Sinon, il risque de comprendre qu'on connaît l'endroit. »

– L'île est complètement recouverte par la forêt ? demanda-t-elle. Je n'y suis pas revenue depuis que j'étais petite.

– Autant que je sache, oui, répondit M. Abner en tirant son canoë avec les tentes et l'équipement à l'intérieur. Toutefois, je ne l'ai jamais parcourue entièrement. Je ne sais pas à quoi ressemble l'autre côté. (Il se redressa.) À propos, c'est une bonne idée. Si on allait voir par nous-mêmes ? C'est une belle matinée pour une balade !

– Oh, non ! gémit Suki.

Les autres ne montrèrent pas plus d'enthousiasme.

– On ne devrait pas monter les tentes et ramasser du bois d'abord ? demanda Ricky avec espoir.

– Laissons le matériel avec les canoës, décida M. Abner en choisissant d'ignorer leurs réticences. On dressera le camp à notre retour. Allez, remuez-vous ! Prenez seulement vos sacs à dos. Nous n'en aurons que pour deux à trois heures tout au plus.

Il ramassa son sac à dos bleu et le hissa sur ses épaules avec un sourire de gamin excité. Della et ses amis comprirent qu'il ne servirait à rien de bougonner. Ils allaient traverser l'île à pied et voilà tout.

– En avant pour l'aventure ! s'exclama Pete en s'approchant de Della avec un sourire ironique. Comment te sens-tu ?

– Ça va. Même si je voudrais déjà être à demain.

Elle souleva son sac. Il le lui tint pendant qu'elle passait les bras dans les bretelles.

– Moi aussi, avoua-t-il en soupirant. Je viendrai avec toi pour récupérer le pistolet. On pourrait peut-être s'éclipser pendant la balade.

Della leva la tête et vit M. Abner en train de les observer.

– Plus tard, je crois que ce serait mieux, murmura-t-elle.

– D'accord, quand on ira ramasser du bois.

– Merci, répondit-elle tout bas. J'espère qu'on ne va pas marcher toute la journée. M. Abner a l'air beaucoup plus enthousiaste que je ne m'y attendais.

Ils suivirent les autres dans la forêt. Della remonta la capuche de son sweat-shirt. Elle lui couvrait la tête et les cheveux mais ne la protégeait ni du froid, ni de l'appréhension qu'elle sentait grandir en elle. Elle n'avait aucune envie de sillonner de nouveau ces bois, ni d'entendre le froissement des feuilles mortes sous ses semelles.

Le terrain se mit à monter. Ses tennis glissaient sur le sol boueux. Elle s'accrocha au bras de Pete.

Alors qu'ils enjambaient un arbre mort, ils virent M. Abner s'avancer vers eux avec une caméra vidéo sur l'épaule.

– Ne regardez pas l'objectif, leur ordonna-t-il en reculant. Non, ne vous arrêtez pas ! s'écria-t-il. Continuez à marcher. Soyez naturels.

– Monsieur Abner, qu'est-ce que vous faites ? demanda Della.

– Je filme notre excursion. À notre retour, j'en ferai une copie pour tout le monde.

« Le pauvre, se dit Della. Il ne comprend rien à ce qui se passe. Comment se douterait-il qu'on est là à contrecœur et qu'on n'a qu'une envie : oublier toute cette histoire le plus vite possible ? »

– Vous pourriez sourire, au moins, râla M. Abner en gardant la caméra braquée sur eux.

Della et Pete lui adressèrent un sourire contraint. Tout à coup, M. Abner buta contre une racine et bascula en arrière dans la boue.

Les six membres du club firent de leur mieux pour se retenir de rire. Mais le voir tomber cul par-dessus tête, avec ses longues jambes qui battaient l'air, était si drôle qu'ils finirent tous par s'esclaffer de bon cœur. M. Abner se releva lentement, l'air penaud, ramassa sa caméra et s'assura qu'elle n'avait pas souffert.

– Règle numéro un quand on se balade en forêt : toujours regarder où on met les pieds, déclara-t-il en frottant son jean maculé de boue et de feuilles mortes. J'ai fait ça pour détendre l'atmosphère. C'est la première fois depuis notre départ que je vous entends rire.

Il avait raison, se dit Della. Ils se comportaient d'une drôle de façon. Mais qu'y pouvaient-ils ? Aucun d'eux, pas même Ricky, n'était d'humeur à rigoler. Della avait déjà du mal à garder les idées claires. Elle ne cessait de penser à sa mission à venir.

La marche leur parut durer des heures. Ils ne s'arrêtèrent que pour manger les sandwichs qu'ils avaient emportés. Enfin, à bout de forces et de nerfs, ils parvinrent à destination. L'autre côté de l'île, naturellement, ressemblait en tout point à celui qu'ils connaissaient déjà. Les sapins débouchaient sur une plage semée de cailloux. Le lac s'étendait devant eux à perte de vue. On ne distinguait pas l'autre rive, dissimulée par le brouillard.

– C'est joli, je trouve, déclara Della à côté de Pete. Tout est gris et mystérieux. On se croirait dans un rêve.

– Si tu le dis. (Pete remonta son sac à dos.) Ce truc n'était pas si lourd quand on est partis. À présent, j'ai l'impression qu'il pèse une tonne.

M. Abner filma la berge en panoramique avant d'éteindre sa caméra.

– On dirait que ces nuages ne vont pas se dissiper de sitôt, prédit-il en scrutant le ciel, la main en visière au-dessus des yeux.

– Et maintenant, qu'est-ce qu'on fait ? demanda Ricky d'un air maussade.

– On rentre, évidemment, répondit M. Abner.

– Vous voulez dire qu'on va devoir retraverser toute la forêt à pied ? gémit Maia.

– Tu préférerais que j'aille chercher la voiture ? rétorqua M. Abner en s'esclaffant. Et que diriez-vous de longer la plage pour retourner au camp ? Ainsi, on fera le tour de l'île au lieu de la traverser.

L'idée parut plaire à tout le monde. Hélas, le temps qu'ils retournent aux canoës, c'était la fin de l'après-midi, leurs tennis étaient trempées, ils étaient glacés jusqu'aux os et tétanisés par des crampes.

Ricky s'allongea dans l'une des embarcations. Della et Maia se laissèrent tomber à genoux sur la plage froide et humide.

– Ah, quelle excursion agréable ! s'exclama leur professeur, rangeant sa caméra dans son sac avec un sourire ravi. Hé, ce n'est pas le moment de s'asseoir, les enfants ! On s'est bien amusés, mais maintenant, il faut se mettre au travail !

Pestant et bougonnant, ils transportèrent les tentes et les sacs dans une clairière proche. Della se rendit compte qu'ils étaient à moins d'une centaine de mètres de leur premier campement.

Une fois les tentes montées, M. Abner les envoya chercher du bois.

– Tâchez d'en choisir du sec, leur recommanda-t-il.

– Où voulez-vous qu'on trouve du bois sec ? s'insurgea Suki. Tout est mouillé.

– Je crois qu'il m'en reste un peu chez moi, dit Ricky. Je vais retourner le chercher.

– Ricky... commença M. Abner d'un air sévère.

– Non, je vous assure, ça ne me dérange pas, insista Ricky. Je fais un saut et je reviens, promis !

– Regardez sous les feuilles ou sous les troncs, leur conseilla M. Abner sans prêter plus d'attention à Ricky. Il sera toujours plus sec que celui que vous ramasserez à découvert. On peut faire du feu avec du bois humide, c'est seulement un peu plus long de le faire prendre.

Ils s'éloignèrent tous les six.

– Maia, ça t'ennuie de rester pour m'aider à déballer le repas ? demanda M. Abner.

Maia ne se le fit pas dire deux fois et le rejoignit avec un soulagement évident.

– N'hésitez pas à en rapporter en quantité, leur cria encore M. Abner. J'ai l'impression que la nuit va être froide et sinistre.

– Froide, je ne sais pas, mais sinistre, je veux bien le croire, marmonna Suki en s'éloignant avec Gary.

– On parie que j'arrive à te rendre le sourire ? dit celui-ci avec un clin d'œil.

– Arrête, Gary. Bas les pattes ! protesta faiblement Suki.

Della secoua la tête, partit à la recherche de

Pete et le trouva en train de rejeter des branches mouillées sur le sol.

– Du bois sec, tu parles ! grommela-t-il. Abner est cinglé.

Un vent soudain fit trembler les arbres et des feuilles s'envolèrent dans tous les sens.

– C'est la pire journée de ma vie, soupira Della.

– Tu te sentiras mieux une fois que... (Pete n'acheva pas. Il regarda autour de lui, mais il n'y avait personne à portée de voix.) Bon... c'est le moment.

– Le moment de quoi ?

– D'aller chercher le pistolet de Ricky. Pendant qu'il fait encore jour.

Della hésita. Elle sentit sa gorge se nouer.

– Tu crois ?

– Abner est occupé au camp avec Maia. Il ne remarquera rien. On sera revenus dans moins de cinq minutes.

– D'accord, dit Della en remontant la capuche de son sweat-shirt. Autant en finir tout de suite.

Ils partirent en direction du ravin.

– Hé, où est-ce que vous allez comme ça ? leur lança M. Abner.

Ils pivotèrent d'un bloc, surpris de le voir dans les bois.

– Oh ! on voulait juste...

– S'il vous plaît, les gronda M. Abner en secouant la tête. Vous connaissez les règles. Pas de galipettes !

– Mais on n'allait pas... protesta Della.

– Mon œil ! dit le professeur en riant. Inutile de vous éloigner du campement à ce point pour trouver du bois.

– D'accord, acquiescèrent Della et Pete à l'unisson.

Ils rebroussèrent chemin et se mirent à ramasser du bois à l'orée de la clairière.

– On ne pourra jamais lui fausser compagnie, gémit Della.

– Chut ! Regarde. (Pete pointa l'index. Leur professeur et Maia étaient à présent de l'autre côté du campement.) Il ne peut pas nous voir de là-bas. Tentons le coup.

– D'accord. Mais faisons vite, dit-elle avec un regard par-dessus son épaule.

– Tu sais à peu près où est le ravin ?

La capuche de Della était prise sous ses cheveux. Pete l'aida à la remonter. Sa main était froide quand il lui effleura le front.

– Je... je pense, oui.

– Alors, ne perdons pas de temps.

Ils s'enfoncèrent entre les arbres.

Tandis qu'ils progressaient d'un pas rapide sur le sol humide et glissant, Pete lui prit la main. Il la lâcha en entendant quelqu'un hurler.

Cela venait du campement : un cri strident, qui exprimait une horreur absolue.

Della reconnut immédiatement la voix.

– C'est Maia ! s'écria-t-elle.

14

Un deuxième hurlement retentit, un appel au secours.

Della et Pete regagnèrent le campement au pas de course et arrivèrent en même temps que Gary et Suki, aussi inquiets qu'eux.

– Maia ! Où es-tu ? cria Suki.

Ricky déboucha dans la clairière avec une brassée de petit bois qu'il laissa tomber près d'une des tentes.

– C'est quoi, tout ce raffut ?

– Par ici ! cria Maia. (Sa voix semblait provenir de l'orée de la clairière.) Venez m'aider, s'il vous plaît !

Le cœur battant, Della s'élança, suivie des quatre autres. Maia, à genoux près de M. Abner étendu sur le dos, lui tenait la tête entre ses bras. En s'approchant, ils virent que leur professeur avait les yeux fermés, la bouche ouverte, et qu'il saignait abondamment au niveau du cuir chevelu.

– Maia... monsieur Abner... qu'est-ce que... ?

– Il a perdu connaissance, dit Maia. Je n'arrive pas à lui faire reprendre conscience.

– Que lui est-il arrivé ?

– As-tu vu ce qui s'est passé ?

– Est-ce qu'il est tombé ? Ou bien est-ce qu'on lui a... tiré dessus ?

Pete et Gary s'agenouillèrent à côté de Maia. Gary posa la main sur le torse de M. Abner.

– Son cœur bat, annonça-t-il. Que s'est-il passé ?

– Il a pris un coup, expliqua Maia d'une voix tremblante. Sur la tête. J'ai vu quelqu'un... un homme... Il s'est enfui dans la forêt. (Elle se tourna vers les arbres.) Par là.

– Un homme ? répéta Della. De quoi avait-il l'air ?

– Tu pourrais le décrire, Maia ? demanda Gary.

– Non, je l'ai à peine entrevu. Il portait un truc sombre. Un blouson noir, je crois.

M. Abner gémit et s'agita, mais n'ouvrit pas les yeux.

– Il faut qu'on prévienne les secours, dit Maia. (Elle reposa doucement la tête du professeur sur le sol et se releva. Ses manches étaient tachées de sang.) Je crains qu'il ne soit gravement blessé.

Della fut impressionnée par le sang-froid de son amie en situation de crise. « Elle est plus forte qu'on ne le croit », se dit-elle.

– Qui a pu faire ça ? Et pourquoi ? demanda Suki, les mains sur les hanches, plus furieuse qu'effrayée.

– Le complice du mort, peut-être, répondit Gary en se tournant vers Della. Il a très bien pu nous suivre jusqu'ici.

– Et maintenant, il se prépare à nous éliminer un par un, dit Ricky, scrutant les arbres, le visage déformé par la peur.

– La ferme, Schorr ! aboya Suki. Tu ne fais qu'aggraver les choses.

– Je ne vois pas comment ça pourrait être pire, murmura Maia.

Elle courut vers l'une des tentes et revint quelques secondes plus tard avec un sac de couchage enroulé qu'elle glissa sous la tête de M. Abner.

– Il en faudrait un autre pour le recouvrir, ordonna-t-elle.

Gary courut en chercher un.

– On ne peut rien faire ici, dit Della, qui réfléchissait à voix haute. On ne peut pas aider

M. Abner. Et on ne peut pas non plus se défendre si jamais... si le type revient.

– Il faut que l'un d'entre nous retourne en ville demander de l'aide, proposa Maia, tout en aidant Pete à recouvrir chaudement leur professeur avec le second sac de couchage.

– J'y vais ! proposa aussitôt Ricky.

– Pour te tirer, tu n'es pas le dernier, hein, Schorr ? ironisa Suki.

– Fiche-moi la paix, gronda Ricky.

– Sinon quoi ? répliqua Suki en se plantant devant lui.

– Arrêtez, tous les deux. Ça suffit ! s'emporta Gary. Vous ne croyez pas qu'on a autre chose à faire ?

– Il perd beaucoup de sang, dit Maia en pressant un mouchoir sur le crâne de M. Abner sans parvenir à stopper le saignement.

– On va prévenir les secours, décida Gary. Suki, Ricky, venez avec moi. Vous trois, restez là pour vous occuper de lui.

Della les regarda s'en aller vers les canoës. Soudain, Ricky s'arrêta et se retourna.

– Au fait, lança-t-il à Della, et mon pistolet de paintball ? Tu l'as récupéré ?

– J'y vais tout de suite, répondit Della. (Elle les regarda disparaître entre les arbres.) Je n'ai pas le choix, dit-elle à Pete. Il faut que j'y aille. Avant qu'ils reviennent avec la police.

– D'accord. Je t'accompagne, dit Pete. Maia, on n'en a pas pour longtemps.

– Non ! protesta Maia en le retenant par le bras. Pas question !

– Quoi ?

– Vous n'allez pas me laisser ici toute seule !

– Enfin, Maia... dit Della.

– Non. Je suis sérieuse. Et si le type se pointe ? Il n'y aura plus personne pour m'aider. Vous ne pouvez pas m'abandonner comme ça. Ce n'est pas juste.

– Maia a raison, dit Della à Pete. Je m'occupe du pistolet. Reste avec elle.

– Non ! Je refuse de...

– Tu préfères qu'à notre retour on retrouve Maia assommée, elle aussi ? Ou pire ? Ce serait notre faute, Pete. Reste ici avec elle. J'en ai pour cinq minutes. Je fonce au ravin, je ramasse le pistolet et je vous rejoins aussitôt.

Pete se dégagea de Maia.

– Je ne te laisserai pas y aller seule.

– Regarde, dit Della. (Elle lui montra le sifflet qu'elle portait accroché à son cou.) Tu vois ? J'ai un sifflet. On l'entend de loin. En cas de problème, je sifflerai. D'accord ?

– Un sifflet ?

Pete ne parut guère convaincu. Mais en voyant Maia qui tremblait de peur à côté de lui, il comprit qu'il n'avait pas le choix.

– J'en ai pour cinq minutes. Je t'assure, insista Della, en se disant que si elle le répétait suffisamment, elle réussirait peut-être à s'en persuader.

Elle se haussa sur la pointe des pieds et embrassa Pete sur la joue. Pour se porter chance. Puis elle tourna les talons et s'éloigna vers la forêt.

– Della, attends ! (Pete la rattrapa et lui tendit une grosse torche électrique en métal.) Il commence à faire sombre.

Elle la prit, étonnée par son poids. Puis ils se séparèrent. Elle entendit Maia appeler Pete, craignant sans doute qu'il n'ait changé d'avis.

« Quel gros bébé », pensa-t-elle.

Puis elle se dit : « Non, je suis injuste. Elle a de bonnes raisons d'avoir peur. Et moi aussi. »

Elle empoigna solidement la torche.

« Au besoin, je pourrais m'en servir comme arme.

Comme arme ?

Mais qu'est-ce que tu racontes, ma pauvre fille ? Tu es complètement folle ! Tu t'es vue, à t'aventurer toute seule dans les bois pour retrouver un cadavre et récupérer un satané pistolet en plastique ? Alors qu'un tordu traîne dans les parages, un tordu qui a blessé M. Abner et qui est peut-être en train de te suivre en ce moment, caché dans l'ombre, prêt à...

Stop ! Arrête de divaguer. Continue d'avancer et ne pense à rien. À Pete, à la rigueur. »

Sauf qu'elle se le représenta gisant inconscient sur le sol comme leur professeur, tandis qu'un homme vêtu d'un blouson noir s'enfuyait à travers bois.

Baignant dans une flaque de sang.

« Finalement, non, je ne vais pas penser à Pete. Je vais penser à chez moi. Où je pourrais être au chaud et en sécurité.

Où le complice du garçon mort est venu déposer une enveloppe avec le crâne et un mot. Il était sur le pas de ma porte. Pratiquement dans ma maison. Il sait où j'habite. Il me connaît. Il...

Est-il en train de m'observer à cet instant ? En train de me regarder m'avancer dans les sous-bois ? Est-ce qu'il attend que je trébuche, que je tombe, pour me sauter dessus par surprise ?

Est-ce qu'il rumine sa vengeance, est-ce qu'il veut me faire payer le fait d'avoir tué son ami et de m'être enfuie après l'avoir dissimulé sous des feuilles mortes ?

Non ! Arrête de délirer ! »

Della regarda autour d'elle et se rendit compte qu'elle s'était perdue. Comment se repérer parmi ces arbres, ces buissons et ces amas de feuilles mortes qui se ressemblaient tous ?

N'était-elle pas déjà passée par là ? Était-elle en train de tourner en rond ?

Non. Elle allait dans la bonne direction. Elle se souvenait de ce gros rocher au pied de la colline.

Oui. Elle était presque arrivée à destination. Elle devait concentrer toute son attention sur le chemin et chasser de sa tête les pensées parasites.

Le ciel s'assombrit brusquement, comme si quelqu'un venait d'appuyer sur un interrupteur. Elle alluma sa torche, qui projeta un faisceau de lumière blanche devant elle.

C'était mieux. Au moins, elle voyait où elle mettait les pieds, ce qui lui permettait d'enjamber cette grosse branche, d'éviter ce fossé, de contourner ces ronces...

Elle éclaira les sous-bois. Le terrain remontait. Oui, elle s'en souvenait. Elle se rappelait cette pente raide, étonnamment raide, et...

C'était quoi, ça ?

Elle avait aperçu une lumière blanche entre les arbres, sur sa droite.

Est-ce que c'était sa lampe ? Un reflet, peut-être ?

Non. Elle le revit : un mince rayon lumineux, interrompu par une branche.

Aussitôt, elle éteignit sa torche. Inutile de révéler sa position.

Un frisson lui parcourut la nuque. Elle avait du mal à respirer.

Qui cela pouvait-il être ?

La lueur disparut, avant de réapparaître un peu plus près. Elle semblait vaciller, flotter au-dessus du sol, comme si elle échappait à la gravité, comme si elle provenait d'un ver luisant géant qui voletait entre les arbres.

C'était peut-être Pete.

Oui, bien sûr que c'était Pete. Il avait réussi à calmer Maia et il était venu rejoindre Della.

Elle devrait peut-être l'appeler ?

Oui. Non. Oui. Et si ce n'était pas lui ? Si c'était le taré qui avait assommé M. Abner ?

La lumière se rapprocha.

— Pete ? fit-elle d'une petite voix effrayée.

Son nom lui avait échappé. Elle n'avait pas eu l'intention de le prononcer à voix haute. Mais à présent qu'elle l'avait fait, elle décida de le répéter. Un peu plus fort, cette fois.

— Pete ?

La lumière se rapprocha encore.

– C'est toi ?

Elle entendit une toux. Puis des bruits de pas.

Ce n'était pas Pete.

L'homme venait droit sur elle maintenant.

Della se figea. Quelle idiote ! Qu'est-ce qui lui avait pris de trahir sa présence ?

« Non ! Arrête de tergiverser ! Sauve-toi ! »

Elle fit volte-face et s'enfuit à toutes jambes. Elle ne pensait plus à rien. Elle avait la tête vide ; la peur avait chassé toutes ses préoccupations.

Elle courut, courut, pourchassée par des bruits de pas rapides, sur les feuilles brunes et glissantes, sur les branches mortes tapissées de mousse, à travers les buissons et les hautes herbes.

Elle serrait la torche dans son poing. Elle n'avait pas eu le temps de l'allumer. Bah, elle n'en avait pas besoin. Elle fonctionnait au radar – le radar de la peur. Cela suffisait à la guider dans le noir.

La lumière dans son dos continuait de se rapprocher, de plus en plus.

Della gravissait la pente à toute vitesse, s'éloignait d'elle de plus en plus...

Avant de s'en rendre compte, elle parvint au sommet, franchit la crête, dévala l'autre côté, sans voir la branche morte en travers de son chemin.

Elle trébucha sans un cri, sans un bruit, trop effrayée pour hurler. Elle savait exactement où elle était. Elle savait dans quoi elle basculait.

Elle avait retrouvé le ravin. Et en roulant vers le fond, elle aperçut le tas de feuilles mortes et comprit qu'elle atterrirait droit dedans.

15

Della était juste au-dessus de lui.

« Je vais vomir », se dit-elle. Elle inspira à fond pour refouler une vague de nausée et bloqua sa respiration.

Elle avait le vertige. Sa vision se brouillait.

Elle tenta de se repousser sur les bras, mais ses mains glissèrent sur les feuilles humides.

« Je suis pile au-dessus de lui, de son cadavre en pleine décomposition. »

Elle se releva tant bien que mal, le souffle toujours bloqué, avec la même sensation de vertige.

« J'ai atterri sur un cadavre.

La torche. Où est-elle passée ?

C'est ça, Della. Pense à la lampe. Pense à retrouver le pistolet de paintball et à décamper vite fait. Ne pense pas au tas de feuilles mortes.

Ne pense pas au cadavre dessous. Pense uniquement à... »

Minute. Le tas de feuilles. Il était drôlement plat. Rien à voir avec le monticule qu'ils avaient laissé derrière eux.

Cela dit, le vent avait pu en souffler une partie.

Prudemment, elle fouilla les feuilles avec le bout de sa tennis.

Et ne sentit rien.

Elle enfonça son pied plus profondément.

Il n'y avait rien.

Haletante, elle s'avança franchement au milieu des feuilles et sentit le sol sous sa semelle.

Elle dispersa la pile à grands coups de pied, faisant voler des feuilles dans tous les sens.

Le corps avait disparu.

On l'avait déplacé.

Elle fixa les feuilles éparpillées autour d'elle. Elle ne savait plus quoi penser. Dans un sens, elle était soulagée de ne pas avoir atterri sur le cadavre. D'un autre côté, sa disparition soulevait de nombreuses questions.

Secouant la tête comme pour s'éclaircir les idées, elle se pencha et chercha à tâtons le pistolet de Ricky. Elle fouilla partout, les bras plongés dans les feuilles jusqu'aux coudes. On aurait dit un chien qui grattait le sol à la recherche de son os.

N'ayant rien trouvé, elle se redressa et entreprit d'arpenter le fond du ravin en traînant ses tennis détrempées dans le tapis de feuilles mortes.

En vain.

– Je dois le retrouver, dit-elle à voix haute. Il le faut.

Elle élargit le cercle de ses recherches, sans plus de succès.

– Il est forcément ici, marmonna-t-elle, avant de s'accroupir et de se remettre à farfouiller dans les feuilles.

Sa main rencontra un objet dur.

Surprise, elle le ramassa. C'était sa torche.

« Ça devrait me faciliter la tâche », se dit-elle.

Elle pressa le bouton. Sans résultat. Elle essaya à plusieurs reprises... Peine perdue. La lampe avait dû se casser en tombant.

Frustrée, Della l'abattit rageusement contre sa cuisse.

– Aïe !

« Doucement, ma fille. Ce n'est pas le moment de dérailler. »

Elle était sur le point de jeter la torche quand elle entendit un toussotement derrière elle.

Elle pivota d'un bloc.

Quelqu'un se tenait au-dessus d'elle dans l'obscurité. Elle vit d'abord ses bottes noires maculées de boue. Puis son jean à coupe droite.

Son regard remonta jusqu'à son blouson d'aviateur.

– NON ! C'EST IMPOSSIBLE ! s'écria-t-elle d'une voix déformée par la terreur. TU ES MORT ! JE T'AI VU MORT !

Avec un grognement de bête sauvage, l'homme s'élança sur elle du haut du ravin et referma ses mains autour de sa gorge.

16

Della bascula en arrière et son agresseur la lâcha.

Soufflant, grognant, il recula d'un pas, puis fondit de nouveau sur elle.

Sans réfléchir, sans même avoir conscience de ce qu'elle faisait, elle leva le bras. Et lorsqu'il fut tout près, elle lui abattit de toutes ses forces la torche sur le crâne.

Il y eut un gros bruit de métal contre de l'os.

La lampe s'alluma inopinément, projetant un faisceau de lumière sur le sol.

Della avait la sensation qu'une autre avait agi à sa place. Comme si ce n'était pas elle qui avait tenu la torche et avait fracassé la tête de son agresseur.

Sa peur était bien réelle, en tout cas. Elle en percevait le goût sur sa langue.

Un goût amer.

Elle se laissa tomber à genoux dans les feuilles. Les arbres, le sol, l'homme étendu par terre... Tout semblait tournoyer autour d'elle. Comme sur un manège. Si seulement elle avait pu se débarrasser de ce sale goût dans la bouche...

Elle attendit, tête baissée, en respirant profondément. Elle attendit que la terre cesse de tourner, que son pouls ralentisse.

Au bout d'un moment, elle commença à se sentir mieux. Elle se remit debout et braqua la lampe sur le visage de son agresseur.

– Oh, mince !

Elle contempla ce visage rendu blafard par la lumière crue. L'homme avait les yeux clos, des cheveux blonds et bouclés, un nez retroussé et une longue cicatrice en travers du menton.

Ce n'était pas le même homme.

Ce n'était pas le garçon qu'elle avait poussé dans le ravin lors de leur première excursion sur l'île.

Elle continua de l'éclairer, jusqu'à ce que sa main se mette à trembler. Puis elle se détourna pour réfléchir.

« Ça doit être le complice, pensa-t-elle. C'est ça. C'est forcément le complice. »

Della s'aperçut alors qu'elle n'avait qu'une envie : détaler loin d'ici.

Elle se moquait pas mal du pistolet de Ricky, du cadavre disparu, du complice, de *tout*. Elle voulait seulement s'enfuir, retourner au campement, auprès de Pete et de Maia, et quitter Fear Island et ses frayeurs pour toujours.

Sans un regard pour l'homme inconscient à ses pieds, elle dirigea sa torche vers le haut du ravin et se lança dans l'escalade de la pente boueuse et glissante. Elle devait progresser quasiment à quatre pattes, comme un animal, la lampe coincée entre ses dents.

Lorsqu'elle parvint enfin au sommet, son jean était trempé et lui collait aux cuisses. Elle s'éloigna d'un pas rapide dans la direction du campement. Ses mains à vif étaient couvertes de boue.

Des branches lui cinglaient le visage. L'une d'elles déchira son sweat-shirt. Elle poussa une exclamation, de surprise plus que de douleur, mais ne ralentit pas l'allure.

– Il faut que je rentre, il faut que je rentre, se répétait-elle comme un mantra.

Les autres avaient dû regagner la ville à l'heure qu'il était. Ils ne tarderaient pas à revenir avec la police, ou un médecin... enfin, avec quelqu'un.

Elle touchait au but. Elle serait bientôt en sécurité.

– Aïe !

Elle s'était pris les pieds dans une branche et était tombée à plat ventre.

– Pas grave. Ce n'est rien. Continue, s'encouragea-t-elle.

Elle se releva aussitôt. Elle avait une vilaine coupure à la main gauche ; elle sentait un filet de sang chaud couler le long de son poignet.

« Pas grave. Continue. »

Les arbres s'éclaircirent. Elle y était presque.

C'est alors qu'elle entendit des pas derrière elle.

Le complice ?

Non. Il n'aurait jamais pu la suivre aussi facilement, ni la rattraper si vite.

C'était probablement Pete.

Il avait dû partir à sa recherche dès que les autres étaient revenus avec les secours.

Elle ralentit, prit son sifflet, le porta à ses lèvres et souffla. Aucun son n'en sortit. Elle le secoua. Le sifflet n'avait plus de bille à l'intérieur.

– Tu parles d'une protection, soupira-t-elle, dépitée, en le laissant retomber. Pete ! cria-t-elle. Pete ? Par ici ! Je vais bien, Pete ! Je suis là !

Elle courut dans la direction d'où provenaient les pas.

Soudain, une jambe jaillit de derrière un arbre et lui fit un croche-pied. Elle poussa un cri de surprise et s'étala dans la boue.

Elle entendit rire son agresseur.

Elle se retourna vivement et leva les yeux vers lui.

Cette fois, c'était bien le mort. Le garçon qu'elle croyait avoir tué.

– Mais... tu es mort ! bredouilla-t-elle. C'est impossible. Tu es mort !

– Il faut croire que je suis un fantôme, dit-il à voix basse.

Il haussa les épaules et sortit de sa cachette. Il portait le même blouson d'aviateur que la première fois.

– Tu... non ! Tu n'avais plus de pouls. J'ai vérifié. Même Gary a vérifié.

Le garçon se dressa au-dessus d'elle, le visage déformé par un rictus, les mains écartées, prêt à lui sauter dessus si elle tentait de s'enfuir.

– Je suis une sorte d'anomalie médicale, expliqua-t-il tranquillement. Je ne te mens pas. J'ai un pouls presque imperceptible. Même les médecins ont du mal à le trouver.

– Sérieux ? demanda-t-elle d'une petite voix. (Elle jeta un coup d'œil à droite, puis à gauche, cherchant un moyen de s'échapper.) Comme ça, c'était toi depuis le début ? Mais pourquoi as-tu agi ainsi ? Pour nous faire peur ? Pour te venger ?

– Me venger ? (Il lâcha un petit rire amer.) Quelle idée stupide.

– Dans ce cas, pourquoi ? insista-t-elle.

Il haussa les épaules.

– On n'avait rien obtenu du vieux jardinier. Absolument que dalle. S'il avait planqué du fric quelque part, on ne l'a pas trouvé. C'était plutôt décevant. Alors, quand vous avez pratiqué votre petit numéro d'enterrement sur moi, ça nous a donné une idée. Et on s'est dit qu'on allait commencer par vous faire peur. Tu sais, pour préparer le terrain, histoire que ce soit plus facile de soutirer un peu d'oseille à vos parents. Combien tu aurais été prête à casquer pour éviter que mon meurtre ne s'ébruite ?

Il shoota dans un tronc, incapable de contenir sa frustration.

– Tes parents sont riches. Ils auraient certainement payé cher pour que personne ne sache que leur petite fille chérie était une meurtrière.

– Sauf que je n'ai tué personne ! protesta Della. Puisque tu n'es pas mort !

– Ça, c'est un détail.

Il sourit.

– Qui conduisait la Taurus, sur Old Mill Road ? demanda-t-elle.

– Mon pote. (Il gloussa.) Il comptait s'amuser un peu avec vous, mais ça s'est mal terminé pour lui. Le pauvre a dû rentrer à pied à travers bois.

– Alors, les crânes... le mot... Tout ça, c'était pour nous faire peur dans le but de nous extorquer de l'argent ?

Il sourit de nouveau.

– On peut dire ça, oui. On voulait d'abord rigoler un peu. Ensuite, on serait passés aux choses sérieuses.

Ils se dévisagèrent en silence. Della avait repéré une trouée entre les arbres. Si elle parvenait à le bousculer, elle pourrait peut-être s'enfuir par là.

Comme s'il avait lu dans ses pensées, il la saisit brutalement par les bras.

– Espèce d'idiote, dit-il en approchant son visage tout près du sien. Pourquoi tu n'as pas vérifié si je respirais encore ?

– Aïe ! Tu me fais mal !

Il la serra encore plus fort.

– Pourquoi ? insista-t-il. Tu n'as même pas vérifié !

– Je... j'avais peur, se défendit-elle en essayant faiblement de se dégager. J'étais terrorisée. Je... je n'arrivais plus à réfléchir. J'avais la tête qui tournait. Je ne savais plus quoi faire.

– Tu mens ! hurla-t-il, roulant des yeux fous. (Il desserra un tout petit peu son étreinte.) Dis plutôt que tu n'en avais rien à foutre, ricana-t-il.

Tu te moquais pas mal de savoir si je respirais ou non.

– Pas du tout ! protesta-t-elle.

– Tais-toi !

Il lui lâcha un bras, ramena sa main en arrière et la gifla.

– Non !

– Tais-toi ! Tais-toi ! Tais-toi !

Il écumait de rage.

Elle resta plantée là, les yeux baissés, la joue en feu, à attendre qu'il se calme. Il la tenait toujours par l'autre bras. Elle sentait son souffle chaud sur sa figure.

Il finit par la lâcher et recula d'un pas.

– Je ne suis pas un sale type, tu sais ? Il y a même des filles qui me trouvent plutôt mignon. Et toi, qu'est-ce que tu en dis ?

Sa colère apparemment retombée, il jouait à présent avec elle comme un chat avec une souris.

Della ne voulait pas risquer de dire quoi que ce soit qui le remette en rogne. Mais quelle était la bonne réponse ?

Si seulement elle parvenait à lui échapper. Le campement ne devait plus être très loin. Sauf que, dans l'immédiat, il aurait aussi bien pu être à l'autre bout du monde !

– Eh bien ?

Son agresseur attendait sa réponse.

– Oui. Oui, tu es mignon, déclara-t-elle en détournant la tête pour éviter son regard brûlant. Très mignon.

– Sois sincère, intima-t-il.

– Quoi ?

– Tu m'as entendu ! tonna-t-il. Sois sincère !

– Je le suis, protesta-t-elle timidement, voyant qu'il recommençait à s'emporter.

– J'ai un truc qui devrait t'aider à t'exprimer en toute sincérité.

Il plongea la main dans sa poche et en sortit un objet sombre qu'il pointa dans sa direction.

Un pistolet.

– Non ! cria Della, malgré elle, réalisant qu'il avait l'intention de la tuer.

La peur lui donna un coup de fouet et elle s'éloigna de quelques pas, prête à s'enfuir.

Il la retint par le bras et la fit pivoter face à lui. Ses yeux sombres brillaient de colère.

– Non ! hurla-t-il. Non ! Non ! Non ! Tu étais censée être *gentille* ! Tu ne comprends vraiment rien à rien ?

Il lui enfonça le pistolet au creux du ventre.

– S'il te plaît... parvint-elle à murmurer.

– *Tu as eu ta chance !* beugla t il.

Et il pressa la détente.

17

Elle n'eut pas le temps de crier.

D'abord, elle prit conscience qu'elle était toujours en vie. Puis elle éprouva une douleur à l'endroit où elle avait reçu le projectile. Elle se toucha le ventre en grimaçant et ramena ses doigts poissés d'un liquide jaune.

De la peinture. Il lui avait tiré dessus avec le pistolet de paintball.

Il lui lâcha le bras et s'esclaffa en secouant la tête. Manifestement, sa frayeur et son expression horrifiée l'enchantaient. Il se mit à rire à gorge déployée, avec une joie cruelle.

Il fit tournoyer le pistolet autour de son index et tira en l'air une autre bille. Il riait tant qu'il en pleurait. Il se tapait sur les cuisses, s'étouffait presque.

« Il faut que j'en profite, se dit Della. C'est le moment ou jamais. »

Elle tourna les talons et prit ses jambes à son cou. Elle avait déjà repéré le chemin. Son hilarité lui fournissait la diversion dont elle avait besoin. Elle savait qu'elle n'aurait que quelques secondes d'avance. La chance aidant, ce serait suffisant.

Elle courut à perdre haleine. Elle avait la sensation de flotter au-dessus du sol ; sa liberté retrouvée lui donnait une incroyable sensation de légèreté, comme si elle volait.

« Vole, Della. Vole ! se dit-elle.

Je crois que je n'ai jamais couru aussi vite de toute ma vie. »

Soudain, le garçon lui sauta dessus par-derrière, referma ses bras autour de sa taille et la plaqua brutalement au sol.

Elle atterrit sur le flanc et sentit une douleur fulgurante lui remonter dans le torse. Comme si elle s'était cassé une côte.

Il se releva lentement, les yeux rivés à elle, l'air furibond. Il ne riait plus. Son visage n'exprimait que de la colère.

Il la hissa sur ses pieds sans ménagement et la poussa devant lui.

– Tu n'aurais pas dû t'enfuir, haleta-t-il. (Il secoua la tête.) Non, tu n'aurais pas dû. J'ai aussi un vrai pistolet, ajouta-t-il doucement.

Je m'en suis servi contre le vieux, dans sa maison. Je pourrais très bien m'en servir maintenant.

– Non ! fit Della en s'essuyant les doigts sur son sweat-shirt.

Elle n'apercevait aucune arme dans sa main, mais elle n'allait pas le lui faire remarquer. Sa douleur commençait à s'estomper ; elle n'avait sans doute rien de cassé, en fin de compte.

– Sans blague, insista-t-il. Ça ne me poserait aucun problème. Si c'est nécessaire pour communiquer. Tout ce que je veux, c'est communiquer, tu sais ? Ça ne devrait pas être si difficile. Entre personnes raisonnables. Tu piges ce que je veux dire ? Alors pourquoi est-ce aussi compliqué ? Pourquoi les gens ont-ils toujours autant de mal à comprendre ? Pourquoi m'obligent-ils à me servir d'un pistolet ? Tu me comprends, toi, hein ? Tu as l'air d'une fille intelligente. Tu vois où je veux en venir, non ?

Il s'interrompit, attendant sa réaction.

Della le dévisagea sans savoir quoi répondre.

– Oui, je vois, finit-elle par dire.

« Il est cinglé, comprit-elle. Il a complètement pété les plombs. »

Elle fut prise d'une soudaine envie de hurler.

« Je suis piégée ici avec un cinglé. Il pourrait me faire n'importe quoi. *N'importe quoi !* »

– Qu'est-ce que tu vas me faire ? bredouilla-t-elle.

Il cligna des paupières, déconcerté par sa question. Sa colère s'estompa, remplacée par de l'indifférence.

– Quelle importance ? demanda-t-il avec amertume. Je suis mort, de toute façon. Pas vrai ?

– Non.

Sa colère flamba de nouveau. Il l'empoigna par le bras.

– Si, je suis mort ! Tu m'as enfoui sous un tas de feuilles, t'as oublié ? Je ne suis même pas là, en fait.

– Non ! Je veux dire...

– Je suis mort. Je suis mort, je suis mort, répéta-t-il en l'attirant à lui.

– Non ! S'il te plaît !

L'éclat de luminosité soudain surprit Della presque autant que son agresseur.

Il y eut des mouvements d'ombres, des bruits de pas et un faisceau de lumière aveuglante... qui se posa sur le visage du garçon. Il fit la grimace et lâcha Della.

– Hé ! Je n'y vois plus rien ! protesta-t-il.

Il leva les mains pour se protéger les yeux.

Della sentit quelqu'un la tirer par le bras.

– Vite, dépêche-toi !

– Pete ! s'écria-t-elle en reconnaissant sa voix.

Il braquait une lampe halogène sur l'agresseur.

– Amène-toi ! brailla-t-il.

Della fit la sourde oreille. Elle se pencha pour ramasser le pistolet de paintball. Et quand le garçon baissa les mains pour voir ce qui se passait, elle lui tira dessus à quatre reprises.

Il poussa un cri de douleur. Il avait de la peinture plein la figure et elle lui coulait dans les yeux. Il leva de nouveau les mains.

Là, c'était le moment de s'enfuir.

– Non... par ici ! lui cria Pete.

Elle allait dans la mauvaise direction depuis le début.

Elle pivota pour le suivre et trébucha sur une branche.

– Grouille-toi, Della ! Il nous poursuit !

Della jeta un coup d'œil par-dessus son épaule et vit le garçon qui s'élançait derrière eux en se frottant les yeux. Avait-il vraiment un pistolet comme il s'en était vanté ? Si oui, elle était sûre qu'il n'hésiterait pas à s'en servir. Il s'était mon tré suffisamment clair là-dessus.

Elle se releva d'un bond et se mit à courir.

– Pete, ne m'attends pas ! File ! cria-t-elle.

– Vu le temps qu'il m'a fallu pour te retrouver, il est hors de question de rentrer sans toi ! répliqua-t-il.

Ils détalèrent, restant côte à côte, en se retournant toutes les deux ou trois secondes. Leur poursuivant ne lâchait pas l'affaire. Il avait cessé de se frotter les yeux, mais il progressait d'un pas hésitant, prudemment, comme si sa vision était floue.

– On y est presque ! haleta Pete.

– Je... n'en peux plus... gémit Della. Je... C'est trop loin. Laisse-m...

Il lui attrapa la main.

– Un effort ! Tu peux y arriver.

Ils se retournèrent. Le garçon gagnait du terrain sur eux.

– Reviens ! J'ai un truc à te dire ! hurla-t-il à Della.

La voix si forte, si proche, si fébrile, les fit courir encore plus vite.

– Arrête ! Je veux juste te parler ! C'est tout, je t'assure ! Arrête-toi ! Je veux seulement *communiquer* avec toi !

Malgré son point de côté et ses difficultés à respirer, Della réussit à suivre l'allure de Pete. Quand ils débouchèrent dans la clairière, à la vue des tentes et de leurs amis autour du feu, elle fournit un ultime effort. Elle volait pour de bon, à présent – au-dessus du sol, au-dessus de la douleur : elle était de retour au campement, saine et sauve.

À bout de souffle, elle se laissa tomber à genoux devant le feu. Maia et Suki se précipitèrent pour la réconforter.

Le garçon au blouson d'aviateur surgit à son tour dans la clairière.

– Il est là ! cria Pete.

Della entendit des bruits de pas précipités. Il y eut beaucoup de mouvement, beaucoup de confusion.

Elle leva la tête, stupéfaite de voir trois policiers émerger de l'ombre, croyant tout d'abord qu'il s'agissait d'une hallucination due à l'épuisement et à la peur.

Sauf que les policiers étaient bel et bien réels.

Le garçon les regarda avec incrédulité. Il ne fit pas un geste, ne tenta pas de s'enfuir.

Ils l'encerclèrent et se saisirent de lui. Il ne chercha pas à résister. Il était trop surpris, trop essoufflé, trop épuisé pour se battre.

– D'où est-ce que vous sortez ? leur demanda-t-il, ébahi.

– De Cincinnati, lui répondit un jeune policier au visage rougeaud. Et toi ?

– De Mars, dit le garçon avec amertume.

– Je me fiche de savoir d'où il vient, dit un autre agent en le poussant devant lui. Je sais où il va.

– Vous autres flics, vous savez tout, hein ? marmonna le garçon.

– Lisez-lui ses droits, ordonna le troisième policier avant de s'approcher de Della. Ça va, jeune fille ?

– Euh, je crois, répondit Della sur un ton hésitant. Il m'a attaquée dans les bois. Il voulait...

– Vous ne risquez plus rien, à présent, lui assura le policier en posant la main sur son épaule. Vous nous raconterez ça plus tard. Prenez une minute pour récupérer, ajouta-t-il en s'apprêtant à rejoindre ses collègues.

– Son complice... commença Della.

Le policier se retourna vivement vers elle, l'air intéressé.

– Oui ?

– Son complice est dans les bois. Au fond du ravin. Je vais vous y conduire.

– D'accord. Laissez-moi d'abord contacter le poste. (Il appela ses deux collègues.) Hé... le complice est là aussi. Dans les bois ! Vous savez qu'il y a une récompense pour ces deux types ? ajouta-t-il à l'intention de Della.

Della sourit à Pete en le voyant se renverser une gourde d'eau sur la tête pour se rafraîchir. Il lui retourna son sourire, le visage ruisselant.

– La meilleure récompense, dit-elle, c'est de savoir que ce cauchemar est terminé.

18

— Où allez-vous ce soir, ma chérie ? demanda Mme O'Connor en repoussant une mèche de cheveux derrière l'oreille de sa fille.

Della recula. Sa mère se sentait toujours obligée d'arranger sa coiffure sans qu'elle lui ait rien demandé.

— Au cinéma, j'imagine. Ou peut-être chez Pete regarder la télé. On n'a pas vraiment décidé.

— D'accord pour le cinéma, dit sa mère en redressant l'un des coussins du canapé. Mais ne rentre pas trop tard.

Elle dévisagea sa fille d'un air préoccupé.

« Elle pense sûrement à toutes les horreurs que je lui ai racontées », songea Della.

Depuis qu'ils avaient avoué à leurs parents – et à la police – tout ce qui s'était passé depuis leur première nuit sur Fear Island, ils avaient tous un peu de mal à penser à autre chose.

Della avait passé la semaine entière à ruminer, à revivre cet épisode, et elle en avait fait des cauchemars. À présent, il était temps de tourner la page et de passer une agréable soirée.

On sonna à la porte. Elle courut ouvrir.

– Salut, Pete.

– Comment ça va, Della ?

– Super.

Elle salua sa mère, puis sortit en tirant la porte derrière elle.

Quelques minutes plus tard, ils roulaient vers le centre-ville dans le break familial de Pete.

– Bon sang ! s'écria soudain Della avec inquiétude. C'est quoi, *ça* ?

Elle indiqua la tente verte sur la banquette arrière.

– Oh, répondit Pete avec un sourire, je me suis dit que ça te plairait peut-être d'aller camper.

Elle lui décocha un coup de poing dans le bras.

– Je rigole ! C'est une blague ! protesta-t-il en s'écartant pour éviter d'autres coups. Elle a une déchirure, je dois la faire recoudre pour mon frère. Il a un camp scout la semaine prochaine.

– Ah, d'accord, s'exclama-t-elle en riant. Parce que dorénavant, pour moi, le camping ce sera en pantoufles devant la télé !

– Ça me va, dit Pete en lui faisant signe de se rapprocher. Sauf que... tu crois qu'on peut faire griller des marshmallows devant la télé ?

– On peut essayer, dit Della en s'appuyant contre lui. La fortune sourit aux audacieux.